U0871500

枫叶卡

Feng Ye Ka

王为◎著

花山文艺出版社

图书在版编目（CIP）数据

枫叶卡 / 王为著. -- 石家庄 : 花山文艺出版社,
2019.8

ISBN 978-7-5511-4806-1

Ⅰ. ①枫… Ⅱ. ①王… Ⅲ. ①长篇小说–中国–当代 Ⅳ. ①I247.5

中国版本图书馆CIP数据核字(2019)第152412号

书　　名：枫叶卡
著　　者：王　为

责任编辑：杨丽英
责任校对：李　伟
封面设计：邢海燕
美术编辑：胡彤亮
出版发行：花山文艺出版社（邮政编码：050061）
（河北省石家庄市友谊北大街 330号）
销售热线：0311–88643221/29/31/32/26
传　　真：0311–88643225
印　　刷：河北盛世彩捷印刷有限公司
经　　销：新华书店
开　　本：710mm × 1000mm　1/16
印　　张：15.25
字　　数：240千字
版　　次：2019年9月第1版
2019年9月第1次印刷
书　　号：ISBN 978-7-5511-4806-1
定　　价：45.00元

（版权所有　翻印必究 · 印装有误　负责调换）

引言

枫叶卡又名加拿大永久居民卡，代表一个人拥有在加拿大居住、生活、学习、工作的权利，与这个人的国籍无关。对于中国人来说，拥有一张枫叶卡，就等于自己是加拿大移民了。在加拿大的华人，会被同胞分成“有身份的”和“没有身份的”两类人，而枫叶卡，就是这两重身份之间那条巨大的鸿沟，无数的悲欢离合、嬉笑怒骂都在此间上演。

0

“谁啊，这时候打来电话。”张成睁开双眼，看见的是自己公寓里的天花板。一场好梦破碎。来电显示是刘宇的名字。

“张兄，过一个小时我接你去金丰吃早茶。”

刘宇接到张成，两人来到唐人街的金丰餐厅，点了豉汁蒸排骨、凤爪、糯米鸡、虾饺和一壶菊花茶。刘宇叼了一块糯米鸡，边咬边说：“我老婆在上海看了你网站上的视频，太逗了，特别是你从身后拿出个茄子，说我们中国人照相都喊茄子，不说cheese那段，她上班时笑翻了，还被她领导批评了。”

张成模仿Youtube做了一个Youtoni的视频网站，上面放的几个小视频，都是张成自己录的，每个视频一两分钟，每次主题是讲一个中文词汇。张成表现欲很强，再加上他用东北口音说英文，就显得很搞笑。观众群体主要是张成分布在国内外的高中和大学同学，有时还有同学的父母，真正要学英文的老外并不是很多。所以张成只在Facebook上链接了一下自己的网站，并没有做真正的推广。

张成已经在加拿大学习生活多年，并且每年都回中国，通过在大学的学习和自己的亲眼所见，张成预言21世纪是中国的，世界的中心将由美国东移至中国。所以中文将是21世纪最火的语言，中文教育是个巨大的市场。北京奥运会的成功举办更坚定了他的想法。张成最初的梦想是把Youtoni做成世界最大的中文教学视频网站，但是他的这个梦想没有资金的投入就根本无法实现，况且，张成人在加拿大，进行融资就更难了。

他曾盘算着开车去休斯敦找篮球明星投资，篮球明星若是愿意帮忙录个视频宣传这个网站，就把网站一半的干股给篮球明星，若是篮球明星直接给钱，那就更好了。但后来一想，成功的概率不大，就放弃了。

他去美国买了辆车回来，把从美国买车运回加拿大上牌照这一套手续都搞清楚了。2008年国际原油价格猛涨，加元也跟着猛涨，汇率已经和美元1∶1了，刚大学毕业的张成看到了这个由于汇率变化带来的商机，他打算做做从美国往加拿大倒腾二手车的生意。

张成问刘宇："你有什么打算？"

刘宇说："我就是要跟你说这件事呢，过一阵儿我就去宾州了。老曹的设备已经从台湾运来了，等两个杭州的技术工人一到，就会把设备组装上。老曹的签证还没办好，只能待在加拿大，我先过去帮他管理下工厂。"

两人相约美国见，拥抱后各自散去了。

张成和刘宇都是2002年高中毕业后留学来蒙特利尔的。读了一年的语言学校后，被康考迪亚大学商学院国际商务专业录取。大学时两人每天都一起喝咖啡，谈人生，所以关系特别好。

一年前，两人有一次喝咖啡，刘宇问张成："你那个朋友老王不是卖毕业证的吗？你帮我问问多少钱。"张成一愣，刘宇的GPA跟自己差不多，都在毕业分数线以上，只要正常发挥，不会毕不了业的，张成纳闷为什么刘宇要打探假毕业证的消息。他看刘宇闷闷不乐，便没多问，第二天去唐人街买了些鱼和肉，在家做了四个菜，宴请刘宇。张成和刘宇每天都下馆子，这是张成第一次下厨给刘宇做菜。留学生在海外，漂泊感都很强，缺少关爱，张成这一下厨，刘宇很是感动，六瓶百威下肚，刘宇敞开心扉："我要跟家里断绝关系了。"

张成被吓了一跳："我去，你要干吗呀？"

刘宇说："我女朋友的爸爸被查出来癌症晚期，活不过三个月了。我得为我女朋友负责，我要回去和她结婚。"张成当时还挺佩服刘宇，果然有担当，是个男人。刘宇接着说："但是我爸妈不同意，说如果我非要跟她结婚，就跟我断绝关系！"

张成之前去杭州给朋友思桐做伴郎时，去上海找过刘宇，见过他的女朋友陈澜。瘦瘦高高的，不太爱说话，典型的上海大家闺秀，她在绿地集团上班，她爸在南翔有个小工厂，专门给中石油提供机械设备，是有一些家底的。刘宇家条件更好，刘宇的母亲经营一家酒店，父亲有一个酒厂，还管理一个生意很好的豆制品厂。两家本来还算是门当户对。但现在陈澜的父亲病重，平衡的天平一边倒了，所以，刘宇的父母不同意这门婚事。

但是刘宇很爱陈澜，他觉得这个时候一定要娶了她，才是一个真正的男人。他写了一封家书，内容大致是，自己从几个方面都必须娶陈澜，如果家里要以此来断绝关系，那儿子只能不孝了。

刘宇回国，如愿以偿地跟陈澜领了证。陈澜的父亲看到刘宇这么有担当，就放心地离开了人世。刘宇的父母并没有因为儿子执意要结婚而真的跟儿子断绝关系。他们看到刘宇情真意切的家书，能看出来儿子是动了真心，所以也认可了这门婚事，但是婚礼没有马上办，陈澜父亲刚刚去世，不宜马上办婚礼。

原以为是个和美大结局，结果往往出人意料。刘宇的岳父去世之后，留下的工厂的股份需要处理，刘宇想接手岳父的工厂，毕竟生意比较稳定，只要维护好中石油这个大客户即可。工厂的副厂长当然不愿意让刘宇接手这个厂子，除非刘宇把副厂长手中的股份买下来。刘宇跟父母商量了一下，可以拿出现有的资金收购一部分，但是还需要大概100万现金。刘宇的岳父给岳母留下200万现金，刘宇想用家里的名义向岳母借款100万把副厂长的股份买下来，利息都会按照规矩给岳母。但是岳母并没有同意。刘宇资金不够，自然盘不下来岳父的工厂。刘宇付出了那么多感情，冒着跟父母断绝关系的风险娶陈澜，但岳母最后却没有帮自己，他有些委屈，甚至是有些怨恨，这给他和陈澜的婚姻关系蒙上了一层阴影。

当时，他俩还有一年就毕业了。海外的华人群体主要分为移民和留学生。留学生又分为能读下来的和读不下来的两部分。国外的大学都是宽进严出，想把大学混到毕业是不可能的。到第二年如果成绩很差，那就不用往后读了。都是学分制，前面学分的平均成绩达不到要求，那后面就得全考出A才能提高平均分。所以，一般学不出来的留学生在第一和第二年就不学了，会去打工或者寻找其他留在加拿大的机会，比如花钱假结婚。张成的朋友圈慢慢过滤成了都能毕业的同学。大家一聚会吃饭，就在讨论回不回国。张成在加拿大生活的这几年对加拿大社会有了一定的认识。跟中国欣欣向荣的经济发展比起来，没有活力。加拿大是个移民国家，这几年有源源不断的中国的技术移民和投资移民来加拿大生活。他们看中的是加拿大完善的社会保障制度和优质的福利。没移民到加拿大的人有的对加拿大充满了向往，但是移民到加拿大的人在生活一段时间后，大部分都会有很大的落差。移民中流行的一句话就是：加拿大真是好山好水好无聊。投资移民来到加拿大，就是买房买车，然后投资一个小生意，尽管没有了国内的灯红酒绿，但是男性也真正做到了回归家庭。技术移民相对就会过得惨一些，特别是男性。一是加拿大不好找工作，经济衰退了。再加上技术移民语言上都还有欠缺，所以想找到原来在国内那样的工作基本没有可能。他们只能去中餐馆或者华人超市打零工。这个心理落差还是非常大的，在国内都至少是个企业骨干，来这里就职，一落千丈，如果提前没有心理准备，将会是一场灾难。最坏的结果便是影响到夫妻感情，国内恩爱的夫妻到加拿大后分道扬镳的故事比比皆是。

张成一直期待回国发展，他托北京小姑的关系问了中石化的高管，看看能不能进中石化工作。但人家给的回复是他们现在只要研究生，本科还不够。张成还没决定到底是回国发展，还是在加拿大发展。临回加拿大之前，奶奶对他说，毕了业可以在加拿大先积累两年工作经验，这样的话，回国会更好找工作。奶奶的一番话给张成指明了方向。

适逢加拿大移民局出了新政策，只要是本科或者研究生毕业，政府就会发三年的工作签证给毕业生，让大家有充足的时间在加拿大寻找就业机会。比张成早毕业一两年的曼丽、陶晓凯和鲁西西都没赶上这个政策，毕业后只能回国当海归，分别进了会计师事务所和银行。

1

一年转瞬即逝，张成和刘宇都顺利毕业了。张成的母亲来蒙特利尔参加了张成的毕业典礼。父亲许诺张成3万加元，让他买辆车。刘宇则按计划跟了老曹。老曹本来是从杭州到纽约寻找塑料瓶片货源的。但是他在美国拿的是B1B2商考旅游签证，不能在美国工作，被美国拒绝入境后，只好转战加拿大。他在蒙特利尔设了个办事处，买了两辆车，雇了两个人。

一开始，张成和刘宇都要去老曹那儿工作，他答应得倒是爽快，尽管不给发工资，但是给了张成和刘宇一辆福特吉普车开。他们每天开着老曹的车，去蒙特利尔周边魁北克省的各个小城市询问塑料瓶片的价格。

本来张成觉得老曹这个跨国贸易生意是个难得的工作机会，想着跟老曹好好干。但是后来老曹提出来要在魁北克省设个工厂，让张成和刘宇都入股，最少5万加元。张成觉得是拿自己的钱给自己开工资。老曹这是空手套白狼啊，欺负他和刘宇年轻。于是他就不干了。刘宇虽然也没有投资入股，但是继续跟着老曹干。刘宇的父母都有自己的生意，都是实干家。刘宇从小耳濡目染，继承了父母吃苦耐劳的精神。所以他想在老曹这儿多积累些工作经验，以后好管理自己的企业。他的愿望就是将来在北美开家贸易公司，做中国与美国、加拿大之间的贸易。

张成倒是爱折腾，先前已经有过几次创业的经历，最开始，他通过研究生学生会，在大学楼里支了个摊儿，给大学生办理报税。加拿大人每年都得报税一次，少交的得补交税，多交的，或者有抵税文件的，可以退税。张成和唐人街的会计师事务所合作，他负责在前端签单收款，会计师负责给客户报税。由于宣传得当和价格便宜，张成在短短的两个多月居然做了600个客户，狠赚了10000加元。这让张成的自信心得到了极大的提升。

他是在做完报税业务之后开始做的Youtoni.com网站，并且制作教中文的内容。来自上海的黎冬青给了张成很大的帮助。他跟张成是同一年来蒙特利尔的。

黎冬青在蒙特利尔做了个留学生论坛，模仿的是上海本土论坛。网站性质其实就是现在的58同城缩小版，网上二手交易的平台。论坛起初的人气并不旺，为了聚集人气。他找了两个留学生圈里有名气的上海女生，在论坛上发了几张性感照片，放在交友联谊版块了，论坛人气暴涨，一时间成为留学生圈的热点。海外男留学生都无聊，看看美女的照片也是寂寞空虚生活的一点调剂。张成感叹黎冬青有脑子。

黎冬青的父母在上海是开公司的，承包市政工程。他家就住在外滩附近福州路上，是地地道道的上海人。黎冬青人长得有点像香港歌星李克勤，并且喜欢嘻哈音乐。他来蒙城不久，就把他原本在澳洲墨尔本留学的女朋友叫到了蒙特利尔。和刘宇的老婆很像，黎冬青的女朋友也是高高瘦瘦，不爱说话，穿着很时尚。他女朋友家里有家属是上海市的官员，条件非常好。他女朋友学习也是把好手，三年就把大学课程学完，然后回国工作了。黎冬青读得慢，还得在蒙特利尔多待两年。和刘宇一样，他也过上了异地恋的生活。

张成和黎冬青由于做网站的关系，就混到了一起。黎冬青是张成这拨留学生里较早在加拿大买车的，而且是两门跑车。也正是黎冬青的启发，张成才决定做倒卖二手车的生意。年轻人很喜欢跑车，张成是国际商务专业，他把从美国买车进口到加拿大的手续和法律研究明白了，然后去新泽西买了一台Nissan350Z回来。虽然是三年的二手车，但是看起来像新车一样。这辆敞篷跑车，底盘非常低，特别拉风。张成把税交了，手续全办完，一共才花了不到20万人民币。如果这个生意能做起来，就可以大范围做。所以中文教学网站的事情从此被搁置了。

刘宇还真的等来了机会，老曹在蒙特利尔的两个员工一起辞职不干了，原因无非是老曹之前给他们许诺的待遇没有实现。老曹认真地跟刘宇谈了一次心，表示要重用刘宇，未来让他做北美的总经理。老曹是画大饼的高手，特别是对涉世未深的大学毕业生。刘宇家本来就有产业，他不会完全相信老曹的许诺，但他觉得这是个积累经商经验的好机会，于是跟张成吃了顿离别饭，就只身前往美国宾州，老曹之前的员工在那里已经租好工厂车间，刘宇这次去组织安装设备。

刘宇婚姻失败之前，张成几乎可以用守身如玉来形容他。刘宇眉宇清秀，注重穿着，有上海小开的风范，谈吐不凡，讲起道理来深沉而有内涵，这种类型的男生特别吸引单纯的小女孩。之前就有一个小姑娘夜里跑进刘宇的房间，要做不合规矩的事。但是刘宇一心想忠于他上海的女朋友，便给小姑娘讲道理，深夜里硬给人家劝回了自己的房间。但是婚姻失败之后，他便不再守身如玉了，开始放荡不羁，对于被他“蒙蔽”的女性开始照单全收。张成亲眼看着刘宇从一个忠贞于爱情的人变成了背叛婚姻的人。但刘宇的放荡行为最终止于一个云南女生。

这个云南女生是在市中心有名的时尚行业学习造型的留学生，年龄比刘宇小三岁，几次联谊之后，跟刘宇好上了。刘宇一如既往给张成讲他们俩交往的细节。跟其他女孩子不同，云南女生会给刘宇放好洗澡水，并且把玫瑰花瓣撒满浴缸。刘宇感受到的不仅是浪漫，还感受到了关爱。他跟陈澜的夫妻关系实际上已经名存实亡。从云南姑娘这儿，刘宇暂时忘却了生活的烦恼。

刘宇去宾州后，张成在大街上看到云南姑娘跟另外一个男人卿卿我我。张成为了不让刘宇受伤，旁敲侧击提醒刘宇注意。可是刘宇并不相信。后来，刘宇的移民面试没有通过，云南姑娘还真的跟刘宇say goodbye了。

后来张成了解到，云南姑娘出轨的那个男人是市中心一个中餐馆的厨师，也是以留学生身份来的加拿大，书读不下去了就打工攒钱办了个假结婚，拿到了枫叶卡（加拿大永久居民身份）。云南姑娘跟着厨师，结婚或者同居两年，也能拿到枫叶卡。刘宇的枫叶卡没办下来，云南姑娘也不管出身、学历、家庭背景了，义无反顾地甩了刘宇。刘宇嘴上没说，心里却又一次尝到了人间冷暖。

刘宇去宾州后，张成开始和黎冬青摽在一起，黎冬青选修了两门课，还在康大旁边的神田日料自助餐厅打工。其实黎冬青家里给他的钱足够他在蒙城学习生活了。但是他想自己赚些钱，能够时不时地给他已经回了上海的女朋友买些奢侈品。黎冬青算是他们上海圈儿里家里条件比较好，长得又很酷的男生，他和张成有一个共同点就是不爱搭理自己看不上的人，这个是掩饰不住的。黎冬青跟他的上海朋友们交流的时候都会有些顾忌，一般都是上海人文化里的很细微的禁忌。但是他跟张成交流就完全不用顾忌什么，想说什么就说什么，即使玩笑开过了，黎冬青也知道张成不会在意。

张成深知整个东方世界，经济最发达的城市非上海莫属。他有时会用羡慕嫉妒的语气明里暗里地恭维黎冬青几句，然后引申到自己的家乡抚顺，抚顺曾经也是东北重工业城市之一，有着“煤都”的称号，给新中国的建设做出过巨大的贡献。他用自嘲的语气跟黎冬青讲，那些煤如果放在市场经济下，城市发展绝对厉害，甚至可能会依附沈阳，成为远东地区的明星城市。从小生活在上海最核心位置的黎冬青对张成的家乡产生了浓厚的兴趣。张成借此给黎冬青讲了好多抚顺的故事，比如抚顺是雷锋的第二故乡；有雷锋团、雷锋纪念馆和雷锋体育场，1999年甲A的辽小虎就在这个体育场大杀四方；抚顺还有个战犯管理所，当年不仅关有日本高级将领战犯，还关过清朝最后一个皇帝溥仪；抚顺有一个大坑叫西露天矿，一百多年前就开始挖，绝大部分的煤炭都被日本人挖走了，但据说日本人没有用掉这些煤炭，而是把煤炭埋在日本周边的海底，以备不时之需；抚顺还有20世纪50年代亚洲第二大的水库——大伙房水库，当年为水库奠基的是周恩来总理；抚顺新宾满族自治县有个赫图阿拉城，当年努尔哈赤就是在这发表了七大恨，从此开始漫长的征程，一统江山。黎冬青听完这些很是震惊，上网查了查抚顺的信息，刚巧看到一个美籍华人在抚顺拍的摄影作品，把抚顺下过雨的棚户区的泥泞拍得淋漓尽致，黎冬青转发给张成，笑着说：“这城市，太发达了，哈哈哈。”张成看着黎冬青转过来的照片，尽管心里不是滋味，但那毕竟是家乡一瞥真实的情况，他突然有点想家了。

想家归想家，二手车的生意还得做起来，张成在华人报纸上打了二手车广告后，有几个新移民和留学生咨询了一下，但是都没有定下来，不过不久之后，张成迎来了第一单生意。

2

小明是沈阳人，大连枫叶学校毕业的，东北有名的私立学校，学校的毕业生大多直接来加拿大读大学。作为东北老乡，小明给张成介绍了第一单生意，他的朋友想要一辆英菲尼迪FX35。买车哥们儿叫王超，北京人，很年轻，是小明枫叶学校同班同学李静的老公。

王超和李静住在林肯街上的一个公寓，张成把车停在他们楼下，王超已经在公寓门口等着，张成瞄了一眼王超，小眼睛，头发微长，中等身材，身体微胖，穿着体恤、大裤衩和趿拉板儿，从他的胳膊和小腿上的肌肉能看出来他喜欢打篮球，张成脑海里闪现出北京东单打篮球的青年的画面。张成握了握王超的手说："叫我Donald就好。"王超礼貌地点了点头，很显然，他对张成的车更感兴趣。他摸了摸车头白色的漆，看着车自言自语道：

"够帅的啊。"

"二手的，美国买很便宜。要不来一辆?"

他撇了下嘴说："不行啊，我老婆怀孕了，得买个SUV。我们上楼说吧。"

王超家在四层，屋子被打扫得很干净，他们这个年龄段应该处在脏乱差的阶段，这说明李静还是挺能收拾的。李静是鞍山人，所以跟张成也算半个老乡，今天询价的人是她。从她说话的方式来看，这个家她做主。张成给她讲了流程：先选好车型，然后张成让纽约的合作伙伴去找车，王超这边付款后，张成去把车开回来，所有手续办好，包括通关、改车灯、上牌照等。

张成说："我们商量好价格，你们付个总价就行。"

李静问："那我们付了钱，最后拿不到车怎么办？"

"我收了款后，会把我的车先押给你们。不过你放心，你们是小明介绍给我的，小明是我哥们儿，而且康大的朋友都认识我，我之前是做报税的，估计我们有很多共同的朋友。"

李静说："是的，我的确有些朋友认识你。"

这时王超插话："我就想要辆白色英菲尼迪FX35。"

"没问题。"

张成之前在cars.com查了一下，这车如果车龄两年的话大概3万多美金，加上各种税和手续费，全下来应该在3.8万左右，加拿大这边得4.5万以上，王超他们可以省不少钱。双方达成了初步的协议。

回家之后，张成打电话给纽约的Ivan。Ivan是福建小伙儿，之前给老曹在纽约打工。张成跟他提过二手车这事儿，Ivan很感兴趣，愿意合作。事成之后，张成给Ivan 500美金的提成。Ivan是半个ABC，挺单纯，接到电话之后，马上就去找了。两天后，他在新泽西找到一辆，车行标价3万美金，4万公里。

张成在家把费用算了一遍，最后把价格定在4.1万加元，刨去所有成本，成交之后，他大概能赚3000加币。他打电话给王超，夫妻俩问能不能再便宜一点，张成知道他们对这个价格还是很满意的，但毕竟是小明的朋友，也别太跟他们计较，况且这是开门第一单，于是给他们报价减了500。他们欣然同意，张成让王超把钱汇入他的账户，然后到银行开了车行名头的汇票，准备去美国。

这时，张成想起了他人生的第一个助手——帮他报税的Andy。Andy在上海读大学读的是法律专业，可以叫他帮张成拟一份王超、李静的购车合同和一份王超购车的授权书。授权书是需要的，购车合同主要是列出几条，保护一下他们俩的权益，让他们安心点。

张成自己去把车开回来，就能把雇用大卡车的1000加币运费省了。张成决定坐火车去，他觉得火车更宽敞，而且比较浪漫。他出发之前给Ivan打了电话，让Ivan帮他把住处找好。他把王超的中国驾照等相关文件全部整理好装到手提箱里。

第二天一早，张成穿好西装，拉着手提箱出了门。夜里下过雨，早上空气清新，晴空万里，他走着去离家不远的市中心火车站，路上满是上班的白领。手提箱的轱辘与柏油路摩擦得嗒嗒作响，他心里美滋滋的。“这是他自己的第一次商务旅行吗？”他默默地问自己。

3

蒙特利尔的火车站大厅在Bonaventure大楼里，在地下一层，有8个候车通道，进了通道再下楼才能看到火车。他两个月前从纽约去费城时坐过美国的火车，感觉不错，所以这次同样满心期待。

上车后他才发现座位很普通，车厢里没几个乘客，零零散散地坐着。空调开得很冷，张成穿上了黑色外套。从蒙特利尔去美加边境需要1个小时，他感觉有点慢。与此同时，他一直怀揣着一个问题：上车的时候，乘务员只看了他的火车票，并没有看他的美国签证。那么到达边境后怎么过海关啊？难道大伙儿都要下火车排队进移民局吗？火车快到边境时停了下来，停了整整40分钟后，车厢最前方的门打开了，上来几个帅气的美国边境警察，逐个检查护照。警察看张成穿得挺正式的，问他去美国做什么，住在哪。因为张成有过边检的经验，所以答案都已经准备好了，他语气坚定而缓慢地说："我是去买车，住在纽约法拉盛的家庭旅馆。准备在美国待5天，办完事就回加拿大……"他一边说，一边把带的文件包括汇票递给警察，警察逐页翻开文件看了看，然后看看张成。张成从警察的眼神中读出"就喜欢你这样明白事儿的！省得我还得问你好多问题"的潜台词。警察把护照和文件合在一起，说了句："Have a good trip，sir!"这句话意味着通关了，张成深知穿一身正式漂亮的服装总会有帮助的。

蒙特利尔到纽约的火车线路在地图上看是伴随一条河流走的，但是现实中铁路与河流有些距离，风景都被树挡住了，丝毫没有浪漫的感觉。空调开得实在太冷了，火车已经开了6个小时，却只开了全程的一半。他开始后悔了，在火车上点了份餐，面包夹火腿生菜，简直太难吃了，面包硬得像锯齿般一下一下扎着他的口腔。

火车终于在晚上8：00停在了纽约中央车站。张成焦急地下了站台，冲入了人流中。夏季纽约的空气中有一种忙碌又惬意的味道。这种味道让他感到幸福。他坐地铁7号线到了法拉盛，走进一家位于街角二层的粤菜馆。张成太饿了。纽约的中餐并不贵，他点了个椒盐猪扒，一碗米饭。服务生是个中年人，很有礼貌地问是不是只点这些。张成懂得这句话的含义，广东人每餐都是要吃蔬菜的，椒盐猪扒里只有调味用的零星的洋葱和辣椒颗粒。有些年轻的服务生会因为客人菜点的少而甩脸给客人，因为北美给小费都是按全单比例给的。但是张成能判定这个中年服务生不是这个意思。张成想想，怎么也是第一次business trip，得要点面子，于是又要了个芥蓝。点餐之后，张成掏出手机给Ivan打了个电话，告诉他位置。Ivan说过5分钟就过来。

饭吃到一半，Ivan推门进来，身后跟着一个男生，应该是他的朋友。男生个子有一米八，身材匀称，脸上既有男子汉的刚毅，又有一种说不出的柔美。张成觉得他可能是台湾男生。Ivan说："好久不见啊，成哥，这是我一起长大的好兄弟，阿龙。"

Ivan说他明天陪张成去车行，但是大后天就得去一趟宾夕法尼亚，那边有个小商品珠宝展要去参加一下。他不在，阿龙会负责接送张成去新泽西。从阿龙的举止可以看出来他很有家教。张成问Ivan："你不在老曹那儿做事了？”Ivan眨了眨眼睛说道：“说来话长。”张成理解Ivan不方便把什么事情都讲给他，因为刘宇现在在给老曹做事。

但是Ivan还是讲了个大概。老曹去年在来蒙城之前，在纽约招了几个人帮他做事，给了大家好多许诺，大部分都是吹牛，之后有一个和张成年龄差不多的在纽约长大的沈阳人与老曹出了纠纷，把老曹租的宝马X5扣下了。现在听说老曹要在美国设厂，这个沈阳人也在做瓶片贸易散单，会与老曹有竞争。那个人是有枪的，Ivan可惹不起，所以不干了。

张成住的家庭旅馆不远，在Prince街，是一栋三层的小楼。房主是个老年福建人，屋子收拾得蛮干净的。张成要了个套间，带客厅，25美金一天。他脱了衣服，躺在床上就睡着了。

4

Ivan第二天打电话说他的行程有变，有事需要开车去办一下，晚上才会回来，明天再带张成去新泽西看车。纽约很大，曼哈顿是最中心的岛，围绕着它的是皇后区、布鲁克林区，更远一点有长岛，河对岸还有新泽西。既然无事，张成打算就在法拉盛转转。

张成还是很喜欢去曼哈顿的，它的每一处都让人觉得熟悉，每一个街景都会让人联想到一个电影片段。中央公园、第五大道、时代广场、唐人街、世贸遗址、华尔街……这些词组成的不仅仅是曼哈顿或者纽约，而是组成了世界的中心。张成和许多海漂一样，都有爱国情怀，他希望几十年后，北京或者上海能像纽约一样成为全世界人民向往的城市。

上午10点，张成从家庭旅馆走出来，炙热的阳光径直射在他脸上，他抬头望了一下，天空中没有云朵。太阳很大，是个大火球。纽约的阳光比魁北克的可烈多了。他想起一篇报道说过，美国东北部（其实也就是指纽约这一带）上方的大气臭氧层已经被完全破坏，这里的人们常年在烈日烘烤之下，患皮肤癌的概率大大上升，于是他想着去买个防晒霜。往南走50米，横在前面的是北方大道。北方大道连着皇后区通往曼哈顿的278号公路，车流大，过马路得等个三五分钟。过马路往左走几步就能到达法拉盛华人社区最繁华的Main Street。大大小小的华人餐馆、旅行社、律师事务所、会计师事务所、银行，包括地铁7号线终点站都在这条街上。走在这条街上，人们不会觉得这是美国，大街上摆摊的，发小广告的，卖小吃的都是中国人。要不是看到黑人或者白人警察，不然真会认为自己身处中国南方二线城市的城乡接合部。

法拉盛的早餐是很棒的，虽然还是以南方口味为主，但是至少能吃到新鲜的油条，这个是在蒙特利尔没有的待遇。张成吃好早饭，买了份《世界日报》走进了地铁站斜对面的星巴克。与法拉盛所有的餐饮业不同，星巴克的雇员没有招清一色的中国人，可能跟职员轮岗有关。他点了杯咖啡，坐在玻璃窗边的长椅上读报纸。张成心里感叹，纽约就是发达，华人可以每天都读中文报纸，而蒙特利尔每到周末才能读到中文周报。《世界日报》75美分一份，包括美国时政新闻，纽约社区新闻，娱乐体育新闻等版块。其实最实用的是广告区，上面的分类广告内容量绝对是蒙特利尔报纸的十倍以上。卖房子的、卖车的、卖保险的、律师、会计、招工的应有尽有，看得人眼花缭乱，就连按摩院都占了整整两个版面。

两小时后，张成走出星巴克，他看见小巷里有个专门卖锅贴的小店，这家卖的锅贴馅儿大个头大，他问伙计怎么卖，伙计说1块钱4个。他递给伙计5美金，买了20个大锅贴，心里默念，真便宜呀。回去时路过香港超市，张成买了一大桶酸梅汤和一包康师傅方便面回了旅店。下午就在家上网好了，晚上阿龙带他吃晚饭。

阿龙是1984年生的，比张成小两岁，10岁的时候跟随他的父母从台湾移民到纽约，虽然来纽约的时间比他在台湾生活的时间还长，但是他骨子里依然是台湾地区的性格。他现在在一家印度人开的贸易公司工作，每天5点钟下班。

5点多的时候，纽约的太阳依然高挂。阿龙开车停到楼下，打电话给张成。张成下楼，看见一辆黑色保时捷卡宴S，阿龙戴着副墨镜，坐在驾驶员位置上招手。张成三步并作两步，打开车门坐在了副驾驶上。尽管与阿龙才第二次见面，但是他感觉两人有相同的一种气质，会成为朋友。张成是东北人，阿龙是台湾人，共同的特征是非常讲义气，而且两人都是cool boy definitely。张成上了车马上开起玩笑："wow，车不错啊，龙哥！"阿龙一下就明白这是在调侃他，马上回了一句："哪有成哥的350Z炫啊！"阿龙嘴角上扬，墨镜后的眼睛盯着张成。两人同时笑了起来。一句简单的对话，两人心里都有些欣喜，彼此有了默契。

"你饿吗?"

"不饿。"

阿龙发动引擎："那喝奶茶去。"

两人来到Main Street上，把车停到一家华人冷饮店门口，门里门外满是放了学的华人中学生孩子。他们看到阿龙的车，都纷纷望过来。阿龙下了车，径直走进冷饮店，没过几分钟就从里面带出两大杯冰乌龙茶，他开车门的时候，张成能感受到外面的热浪袭来。

"这多少钱一杯?"

"本来是三块五一杯，但是伙计认识我，一dollar给我做了两杯。"

张成心想这阿龙在法拉盛还是挺混得开的。

阿龙说："一会儿我俩吃点东西，晚上你陪我去找一下我的新女朋友吧。"

5

法拉盛的夜晚逐渐来临，霓虹灯点亮，Main Street街更热闹了。每家餐馆都爆满，形形色色的华人忙碌了一天都在聚会吃饭，这是每天最放松的时段。在这初夏的纽约，人们会看见温州的老板、香港的艺人、广东的创业者、航空的空姐和卖烤羊肉串的买买提。

阿龙开车驶过Main Street，进入另一个居民区,停到一排排屋前。阿龙打了个电话。一会儿，一个穿着短裙、手挎LV包的年轻女孩从排屋里走了出来，她往车里望了望，上了后座。

阿龙介绍道："这是我女朋友Ana，这是来自加拿大Donald。"两人相互问了下好。阿龙看看表，9点钟："我们去Danny哥的酒吧喝杯啤酒吧。"Danny哥的酒吧就在张成住的Prince街不远的北方大道上。张成和Ana聊了几句，得知她中学就来纽约读书，她的父亲在云南做矿产生意，每年能来纽约看她几次。她现在在Main Street上的一家手机广场做sales。得知张成来自蒙特利尔后，她跟他提了个女生的名字，不得不说，蒙城的圈子太小了，她说的这个女生张成刚好认识，跟刘宇很熟，是一个持香港护照的上海交际花，给人的感觉就好像香港富人家的漂亮小姐，她找了个家在纽约的温州富二代做男朋友。Ana在后面感叹那个富二代家里好有钱，在纽约圈子里都有些名气。张成望了望没有作声的阿龙，阿龙脸上没有任何表情，可以看出，他根本不care什么温州人。

Danny哥的酒吧是个狭长的屋子，左右两侧各有一排卡座，每个卡座大概能坐四五个人。法拉盛有不下几十个这样的华人酒吧，一般都是晚餐后来这边喝酒玩游戏的年轻人，今天不是周末，所以人不是很多。Danny哥跟阿龙热情地打了招呼，问今天喝什么，阿龙说："就来三小瓶啤酒好了，我朋友明天还有正事要做。"喝过之后，他俩送张成回家庭旅馆，相约再见。

第二天早上8点多，Ivan开车接张成去新泽西。Ivan开的是辆白色轿跑，是他分期买的。新泽西听起来好像是另一个州，但是其实并不远，只要过一条河就行。纽约虽然不像北京那么堵车，但是公路老化很严重，路窄，车流也挺大，所以得开一个半小时才能到那个车行。车即便已经开出法拉盛好远了，却还是能看到路边有好多华人中小学生背着双肩包去上学，这在魁北克是很难见到的景象。

过了河没多久就到了车行，跟大多数北美车行一样，这家车行的二层小楼在院子中央，四周被各种待售的新车二手车环绕着。接待他们的是一个叫崔比亚尼的意大利人，光头，但是挺帅的，张成跟他聊天才知道他在伊拉克服过役，回国后被政府安排到这家车行做销售。张成把来意跟他说了一遍。崔比亚尼之前跟Ivan沟通过，因为这车要卖给人在加拿大的王超，所以他得跟他们的销售经理说一下。张成和Ivan在崔比亚尼的办公桌前等着。他去了好久也不见回来。张成有一种不祥的预感。

半小时后，他回来了，苦着脸说："对不起，Donald先生。这辆车不可以卖给你，或者说卖给王超先生，新泽西法律规定车必须在新泽西上牌照，不然你是开不走的。"张成说："不对啊，你可以帮我申请临时牌照呀。"崔比亚尼说："新泽西没有临时牌照。"张成心里有些奇怪，他觉得不可能："新泽西肯定有临时牌照。"崔比亚尼思考了一会儿，说："是这样的，我们车行从来没有把车卖给过加拿大人，你开着我们卖给你的车回加拿大，如果路上出什么事的话，我们车行可能要承担一定的风险，也就是说我们有可能触犯美国的法律。"张成补充道："我都已经为这车买了保险，是cover整个北美地区的，你们车行不会承担什么的。"崔比亚尼看了看张成手里的文件："我带你去经理的办公室，你自己说服他们吧。"张成和Ivan跟在他后面走进了二层的销售经理办公室。办公室很大，销售经理是个墨西哥裔，卷曲的黑色短发打了不少啫喱，圆圆的黑框眼镜后面是狐狸一样的眼睛，两撇小胡子粘在他厚厚的嘴唇上面，他坐在老板台后面盯着张成。他的斜对面还有一位微胖的中年白人女性，跟电影里厌倦了工作的中年女性一模一样。张成预感到事情不妙。

6

墨西哥男先开了口，还是崔比亚尼说的那些。张成一步一步地把他是怎样从费城把自己买的车开回到蒙特利尔的情况叙述了一遍。中年女性说道："我从来没有把车卖给过加拿大人，所以我不知道这里到底对我们车行有什么样的风险。我需要一些时间把这件事跟法务部沟通一下，以确定是否可以卖给你。"当然，在她说这些话之前，张成和她有过关于临时牌照的激烈争吵，她说新泽西没有，张成判定肯定有。墨西哥男在旁边给她帮腔。美国人说话的语气风格是直白而且理直气壮，如果用中国文化的标准来考量的话，甚至有些无礼。张成当时颇有种孤立无援，舌战群雄的感觉。其实他明白那中年女性的想法，她想用临时牌照的事儿制造障碍把张成打发走，就不用再去与法务做风险评估了。后来Ivan开了口，Ivan毕竟从小在美国长大，懂得美国人的思维方式，他把张成从加拿大来的事实重复了一遍，把美国人做事的价值观引入争论。双方都稍作冷静，暂时平息了争论。最后的结果是他们让张成先回去等一下，他们开会研究下这个事情，最早下星期三会有结果。张成和Ivan只好开车回法拉盛。

回去路过哈德逊河，张成看着滚滚向东的河水，感慨拿钱买车居然会遇到这般困难。其实车行也有车行的道理，这是经济背景造成的，美国经济已经有了衰退的苗头，好多人分期付的汽车开始退还给车行，股市大跌，美元贬值，相对升值的加元买美国的车自然比在加拿大买划算，各大汽车品牌在加拿大的运营成本远高于美国。这是很简单的经济学原理，美国人口是加拿大的10倍，汽车销量高得惊人，走量的话车价必然比加拿大低。

回旅馆后，张成给王超打了电话，问问他别的颜色可以接受吗。他说他就喜欢白色。所以张成就把换车行的想法搁置了，那就只能等崔比亚尼的回复了，希望事情可以有转机。Ivan也去了宾州参加小商品珠宝展，下周再回。

阿龙又开车带着张成去喝冰乌龙茶，吃饭，接Ana。今天是星期五，全世界所有的ABC、CBC、留学生几乎都去KTV喝酒唱歌。对于在法拉盛长大的阿龙来说，今晚自然是有一个聚会的。阿龙的圈子以他的中学同学为主，基本都是ABC或者像他这样的半ABC。Ivan本来也是这个圈子的，但是可以感觉出来，Ivan的家庭条件没有阿龙他们这样衣食无忧，所以会先于他们出来谋生。Ivan的脑子里想的多是怎样发展，怎样赚到快钱，而不是想着周末如何放松一下。也正因为此，他才会遇见老曹，张成才有了与他结识的机会。

阿龙开着车在Main Street穿绕了几下，停在了一个公共停车场里，三人走下车，张成往右边望了望，看到了一家叫DIY的KTV。走进KTV大厅，有服务生喊道："大哥，几号房间？"张成忽然被这一句话震了一下，仿佛穿越到了国内。KTV里每一个包厢都配备了一个专门的服务员，还都戴着蓝牙耳机。这让从蒙村来的张成大开眼界。

张成跟在阿龙后面，推开301包厢的房门，包厢内刺眼的金光射得他眼前发白。待白色渐渐散去，伴随着嘈杂的声音，他看见这个20多人的大场，满是年轻男女。阿龙好像是这个场子的主人一样，不顾别人埋怨他来晚了，对大家说："这是我的朋友，加拿大人，Donald！"张成大学毕业后拿的工签，但是他也懒得多说。因为阿龙的朋友圈其实都是美国国籍，所以他们对加拿大的身份也没人有认知，所以不用解释什么。

阿龙的七八个兄弟做什么的都有，做金融的，修车的，饭店服务生，在家啃老的。剩下的女生倒是让张成大跌眼镜，除了阿龙的女朋友和妹妹之外，剩下的都是国内去纽约上大学的高才生，有纽约大学的，也有哥伦比亚的。张成此时反应过来，这是一个交际的娱乐局。有些道理张成很明白，到一个场合不要喧宾夺主，抢人家风头都是大忌，于是便和Ana玩儿筛子喝酒。此时同专业的大学同学楚楚给他发了短信，说她和两个女生在曼哈顿的一个Club喝酒，问张成要不要过去。楚楚拥有美加双重国籍，张成那届同学里最漂亮最优秀的女生之一。张成看脱不了身，便和楚楚约了第二天一起吃午饭。

7

唱了一小时的歌，阿龙的另外一对朋友来了。男的叫Luc，穿着灰色休闲运动裤，白色T恤，头上戴了个歪帽。他是不讲中文只讲英文的纯ABC。他的女朋友叫小倩，也在Ana工作的手机广场里工作，晚上她还会在一家酒吧里做服务员。阿龙和Ana就是小倩介绍认识的。阿龙小声地告诉张成，小倩是他们朋友圈里最漂亮的女孩。张成也轻声地回了他一句："我看出来了。"

凌晨1点，大家散场了，喝醉了的男男女女各自回家，有一个纽约大学的女同学被灌醉了，吐了一地，她的朋友搀起她，一个男生送她们俩回曼哈顿的公寓。张成看着她惨不忍睹的样子，心里想：乖乖女还是认真完成学业的好，不会喝酒就不要喝呀，如果让她国内的父母看到她这个样子该多担心啊。但是话讲回来，哪一个留学故事不是伴随着孤独、寂寞、空虚、想家、买醉这样一个节奏。

阿龙的妹妹和另外的台湾女生由于刚刚在包厢里抢不到话筒，没有唱开心，所以她们决定去Danny哥的酒吧继续唱。Danny哥的酒吧门口有个挂在墙上的25寸90年代老式电视机，下面安了个卡拉OK系统，颇有电影里台湾农家乐的感觉。几个女生轮流上阵，把孙燕姿张惠妹的歌拉出来唱了一遍，直到4点才回家。

第二天，张成一早就醒了，中午要见楚楚，内心还是蛮激动的。她是众多康大男生心中最中意的女孩。三年前那个夏季的周末深夜里，Downtown一个华人超市的公子为了楚楚，和人家的韩国男朋友争风吃醋，跟韩国人在酒吧里起了冲突，这位公子个头实在不高，所以一点儿便宜都没有占到，自己被打了个满脸花。那时候的张成还不知道这个说着一口地道英文，看似ABC的美国女孩儿是可以说中文的。后来与她同上一门international business的专业课，她在课堂上向被组员背叛并抛弃的张成施与最温暖的援助。张成发现这个女孩不但外表出众、谈吐优雅、成绩优秀，还有白雪一般纯净的心灵。从那时起，张成就对她心有好感。不过，在她回美国之前，一直有一个CBC男生与她形影不离。张成是一个极度要面子的人，一般不会与女生表白，怕失败了，连朋友也做不成。所以和她一半同窗，一半朋友。距离上一次来美国见到楚楚也有一年多了。

他俩约在Main Street和39街交界处的奶茶店，张成提前半个小时到了，他想买好饮料等楚楚。周末的中午11点，奶茶店里除了两个服务员，并没有客人，很显然，这家店没有阿龙经常去的那家生意好。服务员问："先生要点我们的午间套餐吗？"张成说："不用了，要一杯冰咖啡，一杯冰鸳鸯。"张成找了靠窗的位置坐下。窗外是一个小教堂，教堂前面是绿色的草坪，从门口的停车位可以看出来，教堂里做祷告的人应该不少。阳光依然刺眼，在迎着阳光的方向，一个既熟悉又陌生的身影缓缓走来。

楚楚上身穿着白色的大领宽松式低腰T恤，两只暗灰色的欧式眼睛印在上面，下身穿着一条绿色百叶长裙，长到几乎拖到地上，一双人字形黑色凉鞋在长裙下面若隐若现。一眼望去，俨然是一个周末出来和朋友聚聚的北美女白领。她走过横在奶茶店与教堂之间的小马路，拉开玻璃门。店里只有一个顾客，她看见了正在盯着她的张成，一边走来，一边用播音员一般的声音说：“你胖了呀。”张成只是一笑，没有回答她。他像一个搭话的外国人一样从天气聊起：“纽约太热了，而且太晒了。渴了吧，给你点了冰鸳鸯。”张成简单地告诉她这次来的目的，她评价说：“你真棒，我专业同学都是学I-bus的，最后只有你一个做上了相关的行业。”听着她的夸奖，张成美得有点忘乎所以。楚楚说：“我们去吃饭吧，附近有一家不错的川菜。”

两人顶着烈日顺着Main Street往南走了好久，终于走到了位于45街附近的这家川菜馆。楚楚推开了厚重的木质门，门把手上的铃铛丁零作响。老板娘是一位中年女性，好像认识楚楚一样笑着跟她打招呼。因为正是饭点儿，所以餐厅里人还挺多的。不过还好，靠窗有一个双人桌。两人坐下来，张成点了夫妻肺片、回锅肉和手撕包菜，要了瓶冰的Budweiser。两人一边吃，一边聊天。她讲了这一年半回美国的经历。她换了工作，不在曼哈顿第六大道工作了，因为受不了职场中隐形又无处不在的种族歧视，现在在长岛的一家华人比较多的公司工作，她还给张成讲了她现在这个ABC男朋友。其实张成在她的Facebook上见过他俩的照片。男友高高的，一眼就能看出来是在美国出生的。她说她刚到纽约的时候，这个男生帮了她许多，一直都对她很好。其实ABC的确比较简单，不像中国人想的那么复杂。随后，张成开始吹牛，他谈着宏伟的商业计划，自信满满地对楚楚说，过不了几年，坐在你对面的这个人将成为亿万富翁。

8

可能是天气太热，两人吃得都不多。买单的时候，张成当仁不让地拿出一张百元面值美金把单抢着付了。这单之前是多少男生想买都买不到的啊！张成想了一想还真没和她单独出去过，上次在纽约吃饭也是有朋友在，再之前在St-Catherine的Second Cup里遇见，张成是和哥们儿在一起，她是和CBC男友一起学习，唯一一次单独的交流是在康大主楼Hall building四层，两人下了课在电梯口碰巧遇见，一起搭滚梯下去，她问张成毕了业准备去哪儿，张成当时毫不犹豫地说回北京。她讲她是双重国籍，从小在教会的学校长大。从那以后，他们就没有单独交流过。吃过饭后，她显然没有要回家的意思。但是张成也没有勇气提出再出去转转的愿望。

终于，在服务生找零回来之后，她开了口："你下午有事要办吗?"张成还傻了吧唧地想了想："阿龙说今天得和他父母吃饭，不陪我了。"是的，全世界的华人都一样，周末基本上都是family day家庭日。有老婆孩子的陪孩子，没老婆孩子的陪父母。张成回过神儿说："没事啊，大把的时间。"楚楚说："那我带你去喝下午茶吧。"张成心里暗喜："看来今天她没跟他男友约，有美女陪伴度过一个炎热又无聊的下午真是太求之不得了。"

二人又往回走，午饭后迎来的是纽约最热的时间段，他们切身感觉到热浪袭来。两人走回到教堂，Main Street的东侧有一个很新的商业广场叫飞跃皇后广场，它在纽约的地位相当于多伦多的太古广场。飞跃皇后广场大概有四层，跟其他国外的华人商业广场比起来，它可以说是比较高端的，因为广场内不仅驻有各种饭店，还驻有相对有些艺术气息的店铺，比如说楚楚要带他去的这家Rose Tea House玫瑰茶园。

玫瑰茶园位于广场的二层，张成和楚楚一同走入玫瑰茶园，扑面而来的是足够的冷气，这么足的冷气给张成的第一感觉是这家下午茶餐厅至少不差钱。穿得像韩剧里面餐厅服务员的领位轻声地问张成："先生几位?"张成说："两位。"餐厅错落有致，进入主餐区，需要上几步台阶，台阶的扶手是木质的，在暗红的主色调中显得十分有贵族气。餐厅内所有的位置都是真皮沙发，搭配上室内的书籍、壁画、欧式壁纸与水晶灯，一种强烈的英伦风格赫然于眼前。张成心里琢磨着这么有文艺气息的店居然是华人老板，看来纽约不愧是个藏龙卧虎的地方。两人坐在了一处离壁炉很近的位置，她点了一壶樱桃茶。

聊了很久后，他们一起从广场的南门出来，马路是个斜坡，需要下几步楼梯。楚楚走在前面，张成跟在后面。这时候也不知道哪来的一阵邪风，楚楚的荷叶大长裙，居然被风吹了起来，像一个倒着的降落伞一样包住她的上身。楚楚穿着丁字裤，优美的臀部曲线尽收眼底。楚楚用双手用力地下压裙摆，但是无济于事，直到5秒钟之后这阵邪风走了，裙摆才自然飘落。此时张成已经走到了她侧面。她抿着嘴，看着张成，眼神中写着"尴尬"二字。张成转过头看着说不出话的她："没事儿，走吧，我什么也没看见。"

终于熬到星期二，张成给崔比亚尼打电话，确认星期三的预约有没有问题。崔比亚尼倒是实在，说他们的研究会还没开，改到星期四，然后又改到星期五。不过他星期四下午的时候主动给张成打了一个电话，说是个好消息，让张成周五过去。张成赶快给Ivan打了电话，叫他星期五别安排事，开车载他过去。

星期五上午，张成到达墨西哥男经理的办公室。墨西哥男一脸奸笑又热情地打招呼："张先生，告诉你一个巨大的好消息，我们法务部确认车可以卖给你了，但是价格要涨一下，因为又出现了一个买家。"张成皱了皱眉，问涨多少。

"1200美金。"

9

其实这个价格是可以还价的，但当时张成买车心切，他算了算，即使按照这个价格成交，他还是可以赚到1500—2000加元，便同意了。张成把所有的文件都交给崔比亚尼去办，汇票也给了他。张成还是有一点担心的，怕他们再变卦。但是已经拖了这么长时间了，在美国每天都是有费用的。张成受制于人，只能硬着头皮赌一下。崔比亚尼说办完所有的手续得3—4天，弄好了给张成电话。

晚上，Ivan带张成去他家吃饭。Ivan是8岁的时候跟他妈从福建一起到的美国。他家住的是法拉盛一个普通的民宅，分为楼上楼下两层，他带张成参观他家。他的卧室位于二层，空间特别小，一张床，一个椅子，墙上贴满了乔丹和科比的大海报。张成逗他说："哎哟，你还打篮球呢。"Ivan明白张成是开玩笑讽刺他呢，因为他个子比较矮小，也就168厘米。他回击道："晚上就去打篮球，让你看看。"

下了楼来到客厅，客厅厨房都是连着的。墙壁很旧，墙角都有些发霉，这个景象让张成想到20世纪90年代。看得出来，Ivan家的条件在纽约的华人群体中不算很好。在厨房里做菜的是Ivan的继父，是个地道的北京爷们儿，造型也很北京，中长发，四六分，下巴上留着胡子，稍显杂乱，年龄看起来不是很老，也就40—45岁左右。他转过身跟张成打了个招呼，静静地看着张成，好像看出了张成来自东北一样，想要像北京爷们儿那样多寒暄几句。但是有Ivan在，他俩基本上没有什么交流。所以继父没有再说什么。他在纽约好像是做搬运工，相信他现在的生活状态肯定与在北京时跟朋友喝酒神侃的生活大相径庭。

张成与Ivan先吃的饭，他妈妈还在上班，没有到家。虽然算不上粗茶淡饭，但是的确很素，只有一个肉菜，剩下三个菜都是青菜。张成也就没好意思多夹两块肉。吃过饭后，Ivan约上阿龙和另外一个哥们儿去篮球场。Ivan上去打了两下，别说，还真跟高矮没有关系。Ivan有一股天不怕地不怕的劲儿，他按照自己的路数进攻与防守，至少气势上不厌。打完球后，他们去了一个朋友新租的公寓。其实就是一栋独宅的一个小房间，月租大概700美金。房东是个中年东北男性。他不用工作，每个月的租金就是他的收入。张成坐在床上听他们几个闲聊天儿。

张成与阿龙这些日子建立了不薄的友谊，完全可以直话直说了。他们单独在外面抽烟的时候，阿龙袒露心扉。他说他之前的女朋友是纽约的一个台湾富家女，很漂亮，而且家里很有钱，但是前不久分手了，女生说没希望。阿龙问张成："你说她为什么这么说啊？"

张成吸了口烟，然后吐出来，待烟影在黑夜中慢慢消逝，他说："人家凭什么要跟着你呀？"阿龙面无表情，"你家里条件是不错，人帅，开保时捷，但是跟人家比起来呢，是一个层面上的吗？一个漂亮的有钱人为什么要跟你过一辈子？只有一个更有钱的人和她在一起，她心里才不会觉得亏得慌。"阿龙喝了口啤酒，不住地点头。此时的张成颇有一种大哥教育小弟的成就感。

Ivan的姑姑从上海来纽约为她即将上高中的儿子看学校，Ivan得开车载她去长岛。Ivan问张成要不要跟他们一起去转转。他一口答应，刚看过《货币战争》那本书，好像美联储的前身就是在长岛上开的一次秘密会议，所以他对长岛还颇为好奇。

Ivan的姑姑很年轻，普通话中夹着上海话，之前来过纽约几次，但是在车上还是会不停地抱怨："纽约的路况怎么那么差，为什么不好好修修?"她时不时地再夸夸上海，聊自己的房子，说他们刚刚在上海又买了一套排屋，三层的，要两千万，她其实就是在Ivan与张成面前赤裸裸地炫耀。Ivan一脸诚恳地听着，时不时附和一下，因为他明白，如果有一天回国发展，还要依靠他这个姑姑。张成一直在看窗外的风景，他默不作声，因为实在不知道该说什么。

10

长岛，顾名思义，就是很长的一个岛。Ivan沿着495号公路一路向东行驶，公路旁的树木很是茂密，挡住了所有的景色。大概开了一个多小时，车终于下了495号公路，驶入了一条乡间小路。Ivan顺着GPS的指示找学校。小路两边是高大的针叶林，张成打开车窗，一股浓郁的松子味道扑面而来，这股味道让他想起高中时的夏季周末，爸爸会开车带妈妈和他去沈阳和抚顺之间的棋盘山一带的山间小路郊游。那时他觉得无聊，现在却无比想念。

GPS出错了，Ivan绕来绕去又回到了刚刚走过的地方。他姑姑尽管没有直接指示Ivan应该怎么走，也没有抱怨，但也绕了个弯子：“时间不早了呀。”Ivan挺怕他姑姑的，但他还是蛮聪明的人，稳了稳心态后，分析了一下地图，不一会儿就开出了针叶林，一片广阔的草坪在下午柔和的阳光下呈现在他们眼前。这么大的一片草坪还是很壮观的，至少有半个中央公园大小。草坪的尽头都是深绿色的树木，茂密得看不进去。

在小路前方500米处，有一座19世纪的建筑，既不像古堡，也不像教堂。这就是Ivan姑姑要找的学校。Ivan把车子驶入学校的院子。此时还是暑期，学生都度假去了，也不是工作日，所以没有接待人员。他姑姑只好看看周边的环境。

这是一所寄宿式贵族学校，规模不是很大，每个班级里的学生也就20个。小孩如果放在这个学校一定会有不错的成绩，因为这个地方前不着村后不着店的，只能学习。张成从小就在城市里长大，在蒙城也是市中心，所以习惯了热热闹闹、呼朋唤友的生活，如果让他在这儿待上几年，是无法想象的。当然，鱼与熊掌不可兼得，在这上学成绩会好，但是可能失去好多学习社会经验的机会，反之亦然。

周二，崔比亚尼说一切都办好了，可以提车了。Ivan去宾州了，阿龙星期三请假载张成去提车。一切顺利，这10天在纽约可真的憋坏了。张成决定第二天马上返程，他要把车先开到美加边境挂个号，因为美国法律规定车要在美国境内待72小时。海关工作人员说，你可以把车放这，先回蒙城，第三天再过来提车。张成总感觉车不在手里，心里不踏实，于是把车开到了美国一方的小城 Burlington。

Burlington是张成的朋友梁思桐经常去的地方，梁思桐的父亲那些年总会飞到Burlington 下飞机，然后让梁思桐接他从陆路进入加拿大。入境时只盖章不入系统，这样就能延长在加拿大待着的时间以应对五年内住满两年的续枫叶卡规定。张成在Burlington的生活倒也安排得井井有条。上午去湖边坐着，中午吃越南河粉，下午去市中心喝咖啡看书，晚上买些啤酒回宾馆一边看电视一边喝。美国这边卖酒还真挺严的，不过啤酒价格真心便宜，比加拿大便宜至少三分之一。

张成终于成功地把车从美国开回到王超家楼下，接下来的一个月帮他们办好了一切手续。第一单总算是大功告成了。

正好赶上刘宇也从美国回来弄移民的事，两人就聚了一下。刘宇最近活得倒是够滋润的。老曹在宾州的工厂已经准备就绪，他从杭州弄了两个中老年技术工人到宾州，帮他把台湾引进的瓶片设备安装好。刘宇拥有工厂一切花费的签字权，还在当地劳务市场招了个菲律宾年轻人做工人，当然，他公权私用，每天让菲律宾工人把老曹那辆宝马六系擦得锃亮，他好在晚上开着这辆车出入当地的娱乐场所。

11

刘宇这次回来主要是准备移民面试的事儿。他跟张成好好讲了一下老曹的工厂。工厂建在一个山坡上，可以说是在村里。刘宇白天在工厂里办公，晚上开车出去兜风，至少得出去吃个饭什么的，不然，是要闷死的。工厂在两位师傅把流水线设备组装好之后就试运行了，刘宇在当地的劳务市场召了几个美国工人来上班，都是体力活，不是捡瓶子扔进流水线，就是给瓶片装箱。当然了，给的都是当地最低工资，大概7.5美金一小时。所以招来的不是傻子就是奇葩。刘宇最喜欢挂在嘴上的是一个美国中年白人女性。有一天这个女的求刘宇能不能给她预支一天的工资，说实在没有钱了，得给她孩子买饭吃。刘宇一开始并不同意，后来那女的撩开裤腿，腿上锁着个电子仪器，一闪一闪亮着红灯，刘宇吓了一大跳，心想：不就是预支工资嘛，不至于绑个炸弹在腿上与我同归于尽吧。其实不是的，这女的之前不知道犯了什么事儿，被关进了监狱，但不是什么大罪。后来被提前放了出来，但是法律上服刑未满，所以监狱在她脚上戴了电子项圈，其实就是GPS，防止她跑了。上海人最大的优点就是做事认真，违反规章制度的事一般不会做的，所以刘宇并没有预支工资给这女的，而是自己掏出了100美金借给她。

这些工人里面最机灵的要数那个菲律宾男孩，才20多岁，他总能秒懂刘宇的心思，所以刘宇给他安排的活都是轻活，好活。一个周末，刘宇对菲律宾小伙儿说要出去玩玩儿，有什么推荐。小伙儿说："Scranton市最出名的是一家脱衣舞厅，要不要去看看？"刘宇眼睛一亮，说："好，就去那儿！"刘宇从全球美女排名前十的蒙特利尔来到鸟都不拉屎的宾州Scranton，连个美女的影都没见到，自然很期待去舞厅开开眼界。

这家舞厅的名字叫卡萨布兰卡，坐落在城郊的一个高速路旁。刘宇在加拿大买的GPS查不到这个舞厅，他把Google地图打印了出来，放在车上。北美的夜场一般都在晚上10点之后人才开始多起来，连纽约、多伦多这样的大城市都是这种情况，就更别说Scranton这种没听说过的城市了。刘宇决定10点再出发，别到了舞厅没有人，本来是去看舞娘的，去早了可就变成舞娘们看他了。

眼看要到10点了，菲律宾男孩一点儿困意都没有，因为他第一次有机会坐上宝马6系跑车去Scranton，这很可能是他人生第一次坐宝马车。所以他白天把车擦了一遍又一遍，轮毂都反着银光。眼看时针指向10的方向，刘宇回家换了身衣裳。他是蒙特利尔圈儿里出了名的穿衣打扮讲究的男生。张成早已经对他精品、成功、东南亚华侨范式的打扮习以为常。但是好多喜欢时尚的女生都对他的打扮颇为感叹，比如前一年冬天，下大雪，他居然穿了双长到膝盖的"马靴"去唐人街吃饭，再拎上他那皮革坤包，俨然来自20世纪30年代的纽约绅士。其实刘宇表面上看就是个公子哥，但是他肚子里真的有东西。他的好多理论让张成印象深刻。比如他喝咖啡的时候就说："张兄，如果要买房的话，在北京上海，一定要买中心的，比如北京二环，上海静安寺。现在不是很贵吗，一定要越贵越买！"他在25岁时就知道经济学的道理啊。

话归正传，刘宇现在要去娱乐场所，要穿引人注目、高调的衣裳。他把在纽约买的高档白色西装穿上，裤子也是白的，更夸张的是连皮鞋也穿白的。这样穿衣服的，除了特别高调的富二代，中国人是不大会这样穿的。特别是要去娱乐场所的人。他还戴上名表，开上宝马，载着小菲律宾直奔卡萨布兰卡Club。

他们开了20多分钟，已经很接近俱乐部了，但是，就是找不到。四周漆黑一片，也没有车，刘宇有点晕了，把车开得很慢。他看到前方不远处有一辆貌似黑色的车停在路边，车里有灯光。他好似看到救星一样，猛踩了一脚油门开到与黑车平行的位置，把窗户按下来。车里是两位年轻白人女性，驾驶位上的女人看见豪车里坐的是两个亚洲面孔，开车的帅哥居然还穿着一身白，就笑了："Can I help you?"刘宇一边微笑一边问："卡萨布兰卡俱乐部在哪啊？"两位女士一听这俩亚洲人要去舞厅，相视一笑，给他指了路。不过这时的刘宇有点笑不出来了。因为他看到驾驶位置上的女人穿着制服，胸前还有徽章。他再细看，车上面其实是顶着红蓝相间的警灯的，只是没有启动，所以看不出来。张成听到这笑得前仰后合："哈哈，你真牛，跟警察问脱衣舞厅在哪？"

12

刘宇在俱乐部外面把车停好，昂着头走进大门。菲律宾男孩跟在后面，神情有点紧张。他之所以紧张有两个原因，一是因为他从来都没有进去过。二是因为俱乐部门口站着两个高大威猛，一脸凶相的保安。平时，菲律宾人在美国就饱受歧视，所以看到这样恶狠狠的黑人，他会不自觉地紧张起来。

刘宇买了两张门票拎着坤包，大步流星地进了俱乐部，菲律宾男孩低着头紧紧地跟在后面。里面人不是特别多，刘宇看看里面的装潢，说不上大失所望，但是菲律宾男孩之前的描述的确有点太夸张了。这里还真是挺简陋的。他找了一个卡座坐了下来。北美的脱衣舞厅是这样的，舞娘轮流到台上跳两支曲子，剩下的在台下挨个卡座问有没有要单独到跟前跳的，在收取了舞费之后还会赚到小费。一个脱衣舞娘走到穿得像南洋华侨一般的刘宇跟前问他是不是日本人来旅游的。他说："No，I am Chinese."刘宇往脱衣舞娘的胸前扫了一眼，发现舞娘的Bra上插着的都是1美金的钞票。他心里纳闷这老美也太抠了吧。他往邻桌看了看，所有的男性都把钞票摆在桌子上，而且在来之前都已经换成了1 dollar的，所以是一沓钞票摆在桌子上。他此时才看明白，于是翻了翻自己的钱夹，除了几张20dollar的钞票，剩下的全是百元现钞。刘宇抽出一张百元的，给菲律宾男孩，低声说："去超市给我换成一元的，没有一元就换成5元现钞，全换干净，你自己留20吧。”菲律宾男孩拿上钞票就快步走了出去。

刘宇把5张20元的钞票放到了桌子上，拿起啤酒喝了一口。脱衣舞娘的眼力一般都很好，一眼就能看出来谁有钱谁没钱，就刘宇这装扮已经给了她们足够的信号，5张20的钞票虽然薄，但是大小和1美金还是有区别的，所以舞娘纷至沓来，走一拨儿来一拨儿的，直到刘宇把后来菲律宾男孩换的钞票散尽。张成太了解刘宇了，刘宇如果有1千，能摆出1万的范儿，有100万，就能摆出1000万的范儿。

13

张成在大学毕业后就申请了魁省经验类移民，移民面试被安排在9月9日，所以他在8月中旬就开始准备学习法语，以求一试过之，从此踏上老移民的征程。他在大学主楼斜对面的华人开的针对法语面试的学习班报了一期课，老师是一个魁北克老太太，她给张成发了一本面试题，然后给出标准答案。比如说你喜欢魁北克吗？为什么喜欢？以后会一直在魁北克生活吗？如果按照这个标准答案背诵的话，其实是把双刃剑，因为很有可能前一个进入面试官办公室的申请人与你背诵的是同样的答案。由于之前拿到了本科生毕业后可以申请到的三年工作签证，所以张成也没太把这个面试放在眼里，上大学的时候他就学过一年法语，只是后来与梁思桐一样都听不懂法语教授的全法语授课而开始摆烂。身边好多认识的同学面试都过了，而且张成的法语说得不比他们差。教授法语的老太太问张成："如果你法语没过的话你会怎样?"张成很轻松地回答："那就回国呗，中国有句话叫此处不留爷，自有留爷处。"

8月末的时候，被困加拿大一年多的老曹终于拿到了美国工作签证，这可是他花大价钱请美国律师才搞定的。由于刘宇已经把车开去了美国，所以老曹问张成可不可以载他去宾州，费用他全包了。张成想，以后做倒腾二手车的生意最好在美国有一个银行账户，这样先把钱汇到那个账户里，就能避免上次那样坐地起价的问题再发生。他便答应了老曹。

老曹之前是拿的美国旅游商务签证，他上一次过境时太嘚瑟，敞着篷开宝马，还在副驾驶开着苹果电脑。边境警察看他这么嚣张，就以商务签证不可以在美国工作为由拒绝入境，所以他在加拿大窝了一年，遥控美国工厂。现在他拿到工签可以去美国了，但是内心还是挺怕美国海关的，所以张成没有走蒙特利尔边境的这个海关，而是把车开到蒙城和多伦多之间的金斯敦市附近的边境出境。这个海关基本没什么人走，警察都闲着聊天。老曹这一去，可就热闹了，因为老曹之前被拒绝入境的记录是在海关的电脑系统里的。几个警察简单地问了张成几个问题，张成告诉警察他是老曹的朋友，送他去宾州的工厂。然后几个警察把老曹叫到一边，开始轮番盘问他。老曹40岁了，英文能听懂一些，说是肯定不行的，说得流利的几句都是他在赌场里跟Dealer学的。警察们这一问，加上内心紧张，他马上开始磕巴了。张成在一旁望着他光亮的脑袋上溢出的汗滴，聚集在一起，没一会儿，豆大的汗滴开始顺着他圆润的脸往下掉。这时的老曹就像一个被审问的嫌疑犯一样，身体僵着，都不敢抬手擦汗。张成看到几个警察在互相使眼色，而且嘴角微微上扬，就知道老曹这次肯定可以过境了，如果这些警察不让他过境的话，不会这般戏弄他。老曹瑟瑟发抖的样子实在太好笑了，还好这次他穿了身宽大的西服，还算正式，警察果然放行了。

老曹上了副驾驶，还处于紧张的状态，直到张成把车开出去一公里，他才平复了心情，并露出喜悦的笑容，喊道："宾州，我来了！"车开到老曹工厂的时候已经入夜了。车载GPS指示的终点也终于在这鸟不拉屎的地方失灵了。张成开着车绕了两圈也没找到工厂，终于遇到了执勤的警车，一个中年警察看着张成手中的地址，也有点犯难。老曹只好打电话给刘宇，让警察告诉刘宇位置，然后刘宇开车来接。

不一会儿，刘宇开着福特吉普过来了，车上还有个人，叫Jack。在老曹的这个工厂里，Jack管事儿，刘宇管钱，他俩平时互相配合，也互相制约。刘宇先带张成去工厂看看。工厂在山坡上，像一个大仓库，里面分成两个车间，另外一个公司租用另一半。老曹的流水线已经弄好，但是现在停产了，因为瓶片质量并不理想，所以要调修机器。流水线只占用一小部分空间。另一端堆满了从环保公司买来的塑料饮料瓶，这些瓶子被压缩在一起。

已经入夜，几人没看多长时间就回家了。刘宇租了一栋二层小楼，有几个房间，张成与刘宇住同一间，因为白天很累，张成洗洗就睡了。刘宇还在上网看电影。张成一觉醒来已经是9点了。早餐已经准备好，是Jack的父亲做的。Jack是广东人，二十八九岁。早几年不知通过什么途径来的美国，估计是申请的难民身份，然后跟一华人女子结婚，取得了美国绿卡，然后又折腾了一下，拿到了美国籍。他个子跟张成差不多高，小平头，大眼睛，目光中自然流露出一丝杀气，一看就是社会人儿。老曹之所以把他找来看厂子，就是因为Ivan之前说的那个与老曹有点过节的持枪青年。Jack这派头，估计那青年也不会来硬碰硬，不过雇用Jack这样的人，也只有老曹自己知道是福是祸。

14

由于之前老曹是在加拿大遥控刘宇和Jack工作，所以Jack与老曹的交流基本是通过电话进行的，这次Jack见到了老曹本人，自然要把中国人的那一套文化搬出来。张成和老曹坐在刘宇开的吉普车里驶向工厂的时候，Jack微笑着，躬着上半身，含情脉脉地看着老曹，说道："非常感谢老板重用我，让我负责这么大的一个项目，我这辈子都没有想到自己能有机会负责一个工厂。"张成从倒视镜里看到了Jack无法掩饰的狡黠的目光，就像一只野狼盯着一只老肥羊一样。不过话说回来，Jack这话倒是有一半中肯的，如果没有老曹用他，他在美国基本就是两条路，一是老实过日子，在餐馆里做服务生，积累一些钱之后自己做饭店老板。看他的面相，基本可以肯定他会走另外一条路，就是捞偏门，赚快钱。未来他的行业基本离不开黄赌毒三个字。此时的他发现除了餐馆，走正路还干上了工厂厂长，很是得意。这一点老曹看得很是明白。而且老曹看得出Jack此时正在憧憬着美好的未来。老曹与好多浙江人不同，他特别喜欢忽悠人，总是把一说成十，相处久了会渐渐发现老曹其实是个投机主义者，或者说是游击队员，做生意也是打一枪换个地方。对自己的员工没有丝毫责任感，只顾自己，所以他的身边永远是留不住人的。老曹此时听到Jack恭维他，心里也是很爽，仿佛电影《私人订制》里当上领导的范伟一样挺着肚子拉长声音放着高调。张成还没怎么接触社会，只是觉得这俩人都不怎么样。

Jack虽然没有财权，但是刘宇也得敬他三分，所以Jack把他纽约的老爸接了过来给大家做饭。当然了，刘宇是要给他开工资的，1500美金一个月。Jack他老爸在纽约也是在华人餐厅打杂，工作又脏又累，工资还低，Jack公权私用，把老爸弄来每天做个饭就给开这么多工资。他老爸做饭的工作虽然轻闲，但是在这大农村没人与他讲话，倍感孤独与无聊。张成来之后处于礼貌会陪他聊两句，他很开心，因为就连他儿子都懒得理他，更别提刘宇和两位来自杭州的老师傅了。况且他普通话说得不好，两个杭州老师傅觉得自己有技术，更是瞧不起这位打了一辈子工的广东老头了。两个杭州师傅经常跟刘宇抱怨Jack父亲做的饭菜不合他们胃口。刘宇不可能因为这事儿辞掉Jack父亲而得罪Jack，所以一直对两个师傅打马虎眼。但是他没想到这两个师傅没完没了地说这事儿，终于有一天，刘宇忍不住甩了两个师傅一句话："我烧的倒是好吃，难道要我给你俩烧？"刘宇跟张成说，他变相整治这两个师傅的办法就是和Jack两人出去吃饭，让他们在家吃。

Jack的父亲基本上没上过学，早年就出国打工，张成问他是否一直在美国打工？他说不是，他是先去的南美，好像是巴拉圭什么的小国。说到这儿，他就开始跑偏了，他们这些打工者在巴拉圭没什么花钱的地方，语言不通自然就不会去什么娱乐场所。但是也有花钱的地方，就是去海滩寻开心。说到这，Jack的父亲站起了身，手舞足蹈地比画起来，由于老头过于激动，张成也就听了个大概。有巴拉圭女人在海滩里接客，当然，不是直接的那种，毕业于商科的张成关注点不在事件，而是价格，Jack父亲说了个数，合人民币大概50元。Jack父亲虽然没什么文化，但是知道对人好，有一次他在家做了叉烧肉，早上张成出门的时候，嘱咐了他好几遍，叫他晚上一定要回来吃，因为这是Jack父亲觉得自己难得做得比较好的一顿饭，是他的心意。

刘宇带着张成在工厂附近的城市Scranton转了转，Scranton是个小城，全是白人，没有黑人。二人开车去Home Depot（美国的家具城）买木板和水泥的路上，四个金发白人少女开着敞篷宝马超过了他俩的车，她们看到是亚洲小伙儿之后向车内尖叫着表达爱意，估计她们在这小城里长这么大还没有见过亚洲人，所以会有这种反应。这是张成和刘宇在加拿大没有遇到过的优待。城市中心有一家星巴克，周末的时候只有三三两两的客人。如果把蒙特利尔叫蒙村，渥太华叫渥村的话，这里简直就是荒无人烟。张成一边喝咖啡一边调侃刘宇说："刘兄，我无法想象你是怎么在这儿挺了3个月的，你这么爱热闹的一个人为了工作，为了事业，放弃了蒙特利尔优越丰富的生活，来到这么个农村。我由衷地佩服你！"刘宇咯咯地乐，没有了在蒙城风流倜傥的气派，取而代之的是农民般质朴的笑容。

15

张成在这待了几天，喝了几天的咖啡，也该往回走了。张成让刘宇去跟老曹要点送他过来的辛苦费，老曹让刘宇给写了张300元的支票，这里面还有张成借给老曹的200元，也就是说张成开自己的车送老曹过来，老曹只给了100元的酬劳。张成心里有种上当的感觉，这100元还不够他开回去的油钱呢，不过想着父亲以前对张成说过吃亏是福的道理，也就不与老曹计较了，他正好也要来纽约开个户，顺便就当过来看刘宇了。

去纽约之前张成给阿龙打了个电话。阿龙说晚上请张成吃饭。从Scranton到法拉盛的车程只有两个半小时，张成中午就到了，直接去了法拉盛的汇丰银行开户。他找了之前刘宇带他见过的一个广东女人李小姐。李小姐没有帮张成，而是把他转给了另外一个客户经理。客户经理对张成说，由于他在美国没有固定住址，所以无法开户。张成问写他朋友家庭住址可以吗？她说那得让你朋友来帮忙签个字。这件事听起来是件小事，但是对于在国外生活过的人来说，这可是件大事，任何涉及在银行里帮别人签字的事，其实就是一种担保。张成自己都知道，如果不是亲戚或者最要好的朋友，他是不会帮别人签任何一笔的，因为一旦有人欠债跑路，各种形式的担保人都会惹上麻烦，即使法律上最后不必担责任，也得来来回回折腾几个回合。所以他如果跟阿龙提出来这件事儿，可能会让阿龙为难，但是张成最终还是提了出来。令张成意外的是阿龙只考虑了5秒钟就当着他女朋友的面答应了，并且第二天就帮张成去签了。李小姐看到居然有本地人帮张成签字，心想自己是小瞧张成了。

阿龙晚上请张成吃的是法拉盛最大的一家韩国料理，他和他女友还有张成三个人吃烤肉吃了100多美金。这个饭店在Main Street东边大概一公里左右，那边的居民区韩裔较多。饭店还真的挺大的，两层，每一层的面积都有至少600平方米，这对于身在纽约居民区里的饭店来说实在是不小。服务员都是韩国青年，有点在首尔的感觉。吃过饭后，张成提议请他俩喝酒。毕竟这次阿龙是帮他忙了，得“表示”一下。

阿龙的女朋友带张成去了小倩工作的华人酒吧。小倩穿着紧身白色T恤，浅蓝牛仔裤，泛黄的长发略带卷曲，在酒吧的暗光下，她高挑的身材显得特别婀娜，乌黑弯曲的长睫毛在空气中舞动，显得特别妩媚。她在这家酒吧做服务员其实给酒吧带来了很多客人。那天不是周末，所以酒吧里只有三桌熟客。张成点了些零食和一打百威。小倩白天与阿龙的女友一起在手机广场做销售，所以很熟，她把其他两桌点的东西都上齐了之后便来张成这桌坐下了。

张成与小倩玩起了骰子，张成小时候数学不错，口算还拿过全年级并列第一名。后来每个班级派一个最牛的学生来竞赛，也就是张成与那个并列第一的同学对决。最后张成以1题的优势击败了她，拿了年级第一，这也是他人生中不多的闪光瞬间。玩骰子也就是说大话，虚实之间斗智斗勇。一般在酒吧里工作的朋友都是玩骰子的专家。小倩其实并没有把外表憨厚的张成放在眼里。谁知道那天张成运气不错，再加点套路，居然连赢了小倩十次，这在概率上基本是不可能的。当然她得连喝十杯啤酒，中间漏了两杯，张成当然也不会计较，毕竟人家是大美女。坐在一旁的阿龙小两口，都看蒙了，谁也不会想到居然是百分百的一边倒局面。张成此时看看酒吧电视里的篮球画面，做出一副心不在焉的架势。当张成把目光收回到对面时，看见小倩直勾勾地望着他，一双水一般的黑色眼睛，眼神有些迷离，她淡淡的两瓣红唇微微张开，好像呼吸已经静止。张成看懂了。像这种情况，张成一般就㞞了，不会用眼神与对方直接交流，他马上把目光移开，跟阿龙说科比之前被皮尔斯完爆的事。小倩也终于缓过了神儿，收回了她那迷人的目光，张成是用余光观察到这一切的。尽管他躲开了，但是内心还是十分开心的，毕竟与这个圈子里最漂亮的女生互相触电了一下，是这个荒诞无聊的夏天里难得的一段回忆。

16

张成一气儿从纽约开回了蒙特利尔，从一个燥热、忙碌、激情的城市开回到凉爽、舒适、悠闲的城市。街边行人的步伐马上慢了下来。街角的咖啡厅外满是抽烟喝咖啡聊天的人。法裔加拿大人的悠闲散漫在这强烈的对比中体现得淋漓尽致。此时已经是8月末，由于纬度很高，所以早晚已经有一点儿冷了。距离张成的移民面试还有大概10天的时间，他不得不专心地去地平线学校学习法语，为移民面试做准备。

9月9日那天是星期四，他的面试定在下午2：30。之前的一个星期里，移民面试通过的捷报频传，每天都有认识的或不认识的同学通过面试。张成也是胸有成竹，他认为高级的服饰与沉着的谈吐是他必胜的法宝。张成在移民局大楼附近的街道边停好车，投了停车费，车可以停到下午4：30，然后进了移民局大楼，领位拿了他的号码把张成领到4楼的一个安静的办公区，冷气很足，这个办公区有4间办公室，每个移民官都有一个全封闭的办公室。这里太静了，静得让人压抑。比他先进来的有两三个人，其中有一位是带着移民律师来的，坊间有过传说，有的同学花钱雇移民律师陪同面试，据说有的一句法语都没说，说了两句英文就过了。好多同学都雇了移民律师陪同，传说林肯街上那位律师陪同着去的几乎全部通过。张成那时候自信心爆棚，因为三年的工作许可证便是他自己攒的材料申请，下来的速度比找律师都快。所以根本就没把移民律师放在眼里。当然，传说中也有个面试杀手签证官，是个中老年黑人男性，相传凡是经他手面试的中国学生，基本都没过。

一个秘书叫到了张成的名字，张成随她进了一间办公室，这间办公室窗户朝北，张成可以透过窗户远眺到唐人街北牌坊下面的涂鸦壁画。大概等了10分钟，终于听见椅子后面的门打开的声音。他连忙站了起来转身回望，是一个黑人，不过不是中年男性，是一个怀着身孕的年轻黑人女性。张成连忙伸出右手，十分谄媚地与她握手，并用法语打着招呼。移民官坐到办公桌后，放下手里的文件，打开并拿起了笔。这时张成居然还在揣摩着她肚子里的孩子有几个月了，看起来大的离谱。移民官开始用法语盘问，她当时问的问题张成基本能听懂，虽然没有对答如流，但是也没有卡壳，一气儿把什么他爱魁北克的景色，他的朋友圈全在这里，他不会去多伦多，他热爱法语全部说了出来。然后移民官离开了，说去算分。等她回来，她一开口，张成就觉得不妙。她说给张成的法语水平打4分，还有提高的空间。也就是说他总分差了2分才合格，张成有些失落。她说：“这样吧，你去考一个法语笔试，过了便给你移民身份，不用再面试了。”听起来好像是个可以接受的结果，但其实这简直就是一剑刺入了张成的心脏。因为太难考了，连母语是英文的外国同学都很难通过。张成听了移民官的话，有些绝望，但是总还要做最后的努力，他对移民官说：“我平时挺忙的，没有时间上学习班，还有其他方法吗?”移民官说：“那你就申请重新面试。你等我一下，我把这次面试的情况要写报告记录下来，你要签个字。”张成非常失望，每多待一秒钟都感到煎熬。她写完了，张成低沉着脸签了字，拎着公文包离开，着装依然光鲜亮丽，但是脸色已经难看了许多。

张成还在难过中，过了十字路口，远远望到一位公路警察正在记录他的车牌号，张成赶紧跑过去叫警察不要开罚单，马上开走。张成说："我投钱了呀。"警察说："这个地方可以停到下午4：30，之后就是公交车道了，现在是下午4：35了。"张成说："我开走不就完了吗？"警察无奈地对他笑笑说："哥们儿，真对不起，我已经输入系统了，没法改了。"张成拿了罚单，真是祸不单行。开车回到家，张成把车停在车库里，坐在驾驶位上并没有出来。他的心情已经沉到谷底，那张罚单虽然不贵，但是来的时间太巧了，太会雪上加霜了。自责，没面子，后悔，为什么自己要这么自负与高调。他流下了眼泪。

回了家，缓缓心情，张成先去超市买了两大瓶百威啤酒，尽管张成平时是一瓶的量，但是今日可能不够喝。然后他去师傅面点了牛腩煲和油淋鸡。就在张成最不想见人的时刻，张成的朋友光子走进了饭店。光子是东北人，声音很大："面试怎么样？我还想着给你打电话呢。"张成无处可逃，他感觉全饭店都能听到光子的声音。张成用蚊子般的声音说道："没过。"光子还识趣，没再问下去，安慰张成："会有办法的。"张成一心只想让老板快点炒，自己好离开。

回到家，半瓶啤酒下肚，心情放松了许多。张成分析这次为什么没有通过。从表面上看，他的法语水平不够，但是过不过，不就是移民官一句话的事儿嘛。"说你行，你就行，不行也行。说你不行，你就不行，行也不行。"那为什么张成觉得他行，而移民官说他不行呢？这里就有些复杂，甚至有些隐情了。

第一，每个移民官的手里都是有配额的，比如10个里面过8个，也会有男女通过比例，比如说3个男的7个女的。这些配额都是根据移民局大的方针政策走的，例如说1月到6月就容易过一些，因为名额不紧，而12月的最倒霉，因为这一年的配额可能在11月已经用完了，移民官是不会冒着被领导骂的风险而同情申请人的。

第二，张成低估了移民律师在这里发挥的作用，看来之前的传闻很有可能是真的，因为首先移民律师在场就避免了移民官一家独大的局面，能抑制住移民官说你不行你就不行，行也不行的这种情况，毕竟移民律师如果认为移民官有不妥的状况，可以当面就提出异议。你移民官不是法官，你做错了，律师是有起诉你的权利的。再往深一点儿说，保不齐哪个移民律师就和哪个移民官是朋友呢，背后有什么勾当，这在魁北克这个地方再正常不过了，看看每年的市政工程项目黑幕，看看蒙城修完的路仍然坑坑洼洼，再想想后来被抓起来的市长与政府官员。这就不难解释为什么要花一份钱给律师了。自己怎么会低能到相信移民局说的：雇不雇律师都不会被区别对待。

第三，张成大学学的是国际商务专业并不太招魁省移民局待见，特别是这个专业的男同学，因为这个专业的工作机会基本是在安省多伦多那边。而且女性的通过率明显高于男性，因为加拿大这边也面对着男女比率失调的情况，况且在外国人眼中，中国女人温柔贤良，比较受追捧，而男性则相对于西方人来说偏瘦弱，过于腼腆，基本没有竞争力。综上所述，他这次移民面试不过，基本上是必然的。

反过来，张成又在想：他为什么要移民，他真的热爱魁北克吗？张成是爱蒙特利尔和魁北克的，因为那里有他逝去的青春，有他爱过的人们，有他的恩怨情仇，有他脑海中抹不去的回忆。但就他爱魁北克吗？不爱。他早已经厌倦了那里缓慢的生活，漫长的冬季，没完没了的大雪，稳定的社会缺少机会，缺少活力。那他为什么移民？原因有两个，一是已经达到移民申请的条件，大家都在申请，而且好多同学通过了，再说两年前毕业的同学是没有机会申请的。二是为了给家里一个交代，父母为他留学花了那么多钱，当然希望你有个移民身份啦。不为别的，只为在饭局上朋友问你儿子去加拿大那么长时间了，有身份了吗？好有个回答。张成深知父母都还是很要面子的人，这也是他想要枫叶卡的另一个原因。

张成真没想过什么生子、育儿、食品、空气什么的，加拿大对于他来说太安逸了，他喜欢闹腾的地方。不过想想手里有三年的工签，就先在加拿大待着吧，积累点工作经验也是之前奶奶对他说的。张成奶奶以前是辽宁省政府的会计，相信她说的话没错。不过他也不想去上什么法语学习班考笔试或者重新申请重新面试。他想先放下，以后再说。

张成9月谈了几个想在美国买车的客户，甚至带着客户到银行拉了贷款，但最后都是无疾而终。张成觉得自己的模式还是有问题的，眼看着银行账户里的钱开始只出不进了，张成觉得不能再坐吃山空了。九月末，刘宇与老曹从美国宾州回来了。刘宇得知张成面试没过，拍着张成的肩膀苦笑："我俩真是难兄难弟。"刘宇要重新申请移民，这回要换一个移民律师，所以得在蒙城准备一两个月。而老曹还是要回宾州的，没有了刘宇，就需要一个翻译帮忙打理日常事务。刘宇与老曹自然又都想到了张成。刘宇知道上次老曹黑了张成，张成有些不开心，所以这次刘宇先跟老曹谈好了张成的工资，一个月1800美金，然后他才过来与张成商量，其实张成因为之前那次都想好了不再与老曹来往，但是想一下现在自己的经济情况，为什么跟钱有仇啊，况且给老曹干这一个月是包吃住的，这1800美金就赚到手了。于是便答应了他们。但是张成万万没有想到，这居然又是一个万劫不复的悲剧！

17

这天下午，张成和老曹准备出发去宾州，中午与刘宇一起吃午饭。三人来到了离老曹住处并不远的唐人街，去了位于唐人街步行街南侧的强记，强记是唐人街比较老而且有口碑的粤菜馆，尽管它也在步行街上，但是位于二楼，一楼并没有门脸，只有一扇通往二层的玻璃门，但是每个周末这里都会客满，来这里吃饭的都是回头客。相比于位置较好的广州酒家、蒙城酒家，张成和刘宇还是偏爱强记。

三人选了靠窗的位置坐下，张成坐在对着窗户的位置，这天是阴天，云厚厚的，好像时刻就要下雨。张成能看见对面的畔溪酒家的大红色牌坊和远方魁北克水电公司的巨大标志。几只肥胖的鸽子在低空飞翔，路上人并不多，初秋已经稍显寒冷，张成内心忽然有种莫名的凄凉。老曹点了个油水侧鱼，刘宇点了个上海青扒香菇，张成点了强记做的比较好吃的黑椒牛仔骨。饭桌上老曹又开始一如既往显摆他渊博的学识，开始考张成和刘宇经济学常识。老曹年轻的时候上的是商学位，他的经济学是用中文学的，张成和刘宇的经济学是用英文学的，所以有点儿搭不上茬。两个年轻人连连感叹老曹厉害，一边儿感叹，一边儿吃。其实老曹还是挺懂经济的，但是经过对他一年多的了解，张成发现老曹也总吃亏。比如他去蒙特利尔的赌场，最初是玩百家乐，还教给张成跟庄不跟闲的五字诀，后来他输了钱跟张成说蒙城赌场的牌的概率有问题，然后改玩21点，后来刘宇说，老曹越玩越大，最后输了几万元，终于痛定思痛，洗心革面，不玩儿了。之后呢，明明给张成讲过股市是大鱼吃小鱼，小鱼吃虾米的零和游戏，但是架不住加拿大无聊的生活，又戒了赌场，所以毅然决然地踏进了A股市场，2008年的A股可是胖子进去，瘦子出来呀，老曹也不例外，所以有时候看老曹也蛮可怜的。

吃过饭就准备出发了，张成开着老曹的丰田凯美瑞驶向边境。到了美加边境，照例，二人得进移民局回答问题，老曹之前在这个边境处被拒绝入境过，张成怎么也没有想到，老曹就是在这个边境被黑的，这是要严格审查他，由于他的前科，跟他在一起的张成也有被连累的风险。边境警察把张成和老曹分开，先盘问老曹，之后张成去了另外一个小格，负责审查张成的是一位中年男性警官。

警察问："你来美国做什么？"

"送我朋友去他工厂，然后去费城玩。"

"准备玩几天？"

"五天。"

"把你裤兜里的东西都掏出来，放在这个大盒子里，我的意思是所有的，包括钱包与手机。还有你的行李箱。"

张成把东西包括硬币都放了进去，然后一个女警把他的东西拿进了屋子，男警继续盘问："你确定你不是去工作的吗？"

"我确定不是。"

"你去费城住在哪？"

"住宾馆。"

"住哪家？"

“网上再找。”说到这的时候，张成感到有些不妙。

过了大概一个小时，女警把装有张成随身物品的盒子拿了过来。显然，他们在屋子里进行了详细的交流。

男警对张成说：“我相信你来美国不是来玩的，而是来工作的，是吗？”

“不是。”

他继续说：“那你为何只带了50美金？”张成的心咯噔一下，是啊，怎么只带了这点现金呢，因为老曹包吃包住。张成缓了缓神儿：“我带了两张信用卡呀，够我花的了。”这时女警说了话：“是的，我刚刚查了你的信用卡，你上个月在宾州和纽约都有在加油站消费的纪录。这是怎么回事？”张成心里一惊，真是万万没想到，这些他们都查了。他就把在美国帮客户购车的事说了一遍。然后男警又说：“你出来玩，怎么行李里就这么几件衣服？”这里绝对有文化差异了，张成带了四五件换洗的衣服啊，少吗？美国人要带10件吗？还是故意这么问他，张成真是一头雾水，不知该怎么回答警察。最后男警说：“我怀疑你是要去给你朋友工作，并且不会回到加拿大，你有什么证据能证明你还会回加拿大吗？”张成心想：我去，尽管我今天穿得普通了一点儿，不至于这么被你们欺负吧，于是用强硬的态度说：“有啊，车，租房合同都可以证明我是会回加拿大的。”警察说：“那行，那你可以选择回去拿那些文件过来，但是并不代表我会让你过境。”就这样，张成和老曹开车跟在开道的美国警车后面回了100米外的加拿大边境，美国警察向加拿大警察解释了情况，然后老曹开着车带张成回家取文件，此时已经晚上7点多钟了。

张成两个小时做了个折返，终于在晚上9点多的时候再次回到了美加边境，当他再次走进移民局时，好多边境警察表情凝重起来，好像在对他说：“你挺牛啊，还真敢回来。”

18

张成带着可以证明他会回加拿大的文件，又多带了些美金现金，理直气壮地回来了。下午受理他的边境警察眼睛直勾勾地盯着张成，脸上没有任何表情，直到张成把文件递给警察，他说了句：“你真勇敢，我以为你不会回来了，你在这坐着等我吧。”说罢，他拿着文件进入了一间屋子，一起进去的还有另外三个警察，他们在里面研究了好久，然后张成看到一个老年的警察，明显是他们的上司，走了进去。张成知道，肯定是由这个人来做这次决定。又过了大概十分钟，这些警察都从那个小屋里走了出来，一字排开，这回是那位老年警官来跟张成讲话。他头发都已经银白了，嘴角上留着两撇小胡子，特别像小时候看的美国西部电影里的左轮枪警察。

当他三两步走到张成面前的时候，张成真的有感觉到他的气场，一种警察的威严。的确，张成在加拿大、美国被警察拦过那么多次，从来都没有害怕过，但是站在这位白发老警官面前，他不再有任何桀骜不驯的念头了，他感到不管老警察做什么决定，他都会服从的。这是一份尊严与荣誉。老警官开口了：“你这些材料并不足够证明你是去美国旅游的，所以我拒绝你这次进入美国境内，并且你的这张一年期的美国旅游签证也被我注销了。小伙子，你回去吧，你还有很长的路要走。”

这句话并不是安慰，而是警告，懂得美国法律的人知道，这句话的意思是，老警察告诉张成不要继续胡闹，不要找律师，不要继续争吵，闹大了对他自己没有好处，即便是闹大了，也不一定就能通过。不如此刻息事宁人，乖乖走开。

张成发现整个移民局里所有的警察此刻都没有发声，都在看着他这边。他拿回了文件说：“好吧，只能这样了，我朋友开车去美国，我怎么回加拿大呀。”老警察说：“我的车会把你送回到加拿大边境处。”张成跟老曹告别，然后跟着两个警察走出了移民局。两个警察带张成上了一辆警车，张成得坐在后座上。这警车的门是从车尾打开的，张成坐了上去，座位是朝后的。而且玻璃窗是用铁栏杆焊好的，原来这是装嫌疑犯的警车。两个警察把车发动好，把车顶的警灯打开，红蓝相间的警灯在夜里显得格外耀眼，警车要抄近路开往加拿大边境处，但是也要绕一下。加拿大边境那边已经聚集了好多等待入境加拿大的车辆，所有车里的人们都往张成这边看，他们一定在想，这个亚裔犯了什么事儿，被遣送回加拿大了。张成坐在警车上，浑身发冷，那是一种特别的感受，只有当一个人被关在警车里，警灯亮起的时候才会体会到这份心境。

虽然两国边境处相离并不远，但是张成却感觉怎么开都开不到。终于到了，张成暂时还没有被允许下车，美国警察要跟加拿大警察解释一会儿，然后才放他下来。接待他的是下午回来时见过的一个加拿大女警，她看见张成之后用安慰的语气说：“我真的为你的事感到遗憾，我知道你的文件是齐全的，他们真的没有理由要这样做。”这件事可以升级到美国和加拿大两个国家的层面上，张成是持有加拿大工作签证的中国人，而美国边境警察不允许这个有加拿大合法身份的人过境，间接也就否定了张成的加拿大工作签证。

这对加拿大来说也有点被侮辱了。张成在边境处给刘宇打了电话，刘宇开着张成的车来接他。张成心里埋怨老曹，跟他一起肯定没好事儿，这次张成下定决心了，再也不与老曹有瓜葛。

过了一个小时开回了downtown，张成已经饿得不行了，时间太晚，都夜里12点了，中餐馆都关门了，他只好到麦当劳买了份汉堡吃。回家后，张成倒头就睡。早晨醒来的时候，一种极度的失落感涌上心头。因为张成明白，他的美国二手车生意肯定做不了了。他反省了一下自己这些日子做的事，觉得是上天安排的。那他现在该做什么呢？只能找工作了。

张成在康大的图书馆里泡着，先学着写了一份简历，写简历的时候他才明白，为什么好多本地人的孩子都会去做志愿者，这是为了写在简历上的。张成这样的留学生，没有太多时间在大学期间做义工，他自己当时还讽刺那些做义工的学生都有病，甚至误解她们是想去练英文或者找老外男朋友。他现在才明白自己之前是多么无知。康大有个Co-op program，就是一边读书一边实习的项目，留学生也可以申请，对未来找工作很有帮助，他都知道这些，但是上学的时候总想着能毕业就不错了，别浪费时间做这些了。现在写简历写不出什么的时候，张成终于傻眼了。

19

在加拿大找工作基本在网站上找。北美最大的找工作网站是www.monster.com，加拿大的是www.monster.ca。加拿大会按照学历和工作年限分等级。张成的level叫entry level，其实就是入门级别。再往上一个级别的就得是工作3—5年的，再往上就是研究生级别了，管理层基本是工作十年以上的。张成发现企业在招聘的时候会严格注明申请人的学历和工作年限，而且工资也直接注明。更加头疼的是，他遇见了两个难题。

第一个难题是，在monster.ca上发布工作机会的公司，最基本的工作都要求有两年以上的工作经验，张成毕业到现在才半年，到哪儿去弄这两年的工作经验去啊？既然所有的工作都要求两年工作经验，那其他申请人都是如何捞到两年工作经验的？他大惑不解。其实加拿大本地的孩子上大学的时候就会找个基本的兼职工作，一边儿读书，一边儿上班。大学毕业后，简历上自然就有了两年的工作经验。

第二个难题就更无解了，蒙特利尔的工作在语言要求上90%都要求英法双语，张成英文还算勉强，但这法文，除了最基本的打招呼，点东西吃，数数之类的，就剩准备移民时背诵的他爱魁北克之类的话了。这些在职场上是远远不够的。尽管级别不够，张成还是硬着头皮把简历一份一份发给了各大公司。他申请的公司有Air Canada，bell，Rogers，Telus，TD bank，Alcan，他把各种耳熟能详的公司都申请了个遍，部分公司给他回了邮件。普遍都是："We are sorry to inform you that your application has been refused."（我很抱歉地通知你，你的工作申请被拒绝了。）其实张成就算会说双语，这种大公司也不会轻易聘用他的。大部分被聘用的人都是来自公司内部员工推荐。

张成很乐观，车到山前必有路，船到桥头自然直。他每天还是按时起床，坚持去图书馆上网发简历。终于，10天之后，有公司给他回信了。有一家小公司是搞多元文化交流的，正好需要一个负责中国文化旅游项目的员工。负责人给他回信，让他把自己更多的信息发给他。张成认认真真又重新自我介绍了一番。但是最后不了了之了。

经历了半个月痛苦的煎熬，张成迎来了人生的第一次面试，还真有些紧张。他一番装扮后，按照公司给的地址，提前半小时就到了。他在楼下买了杯咖啡，快10点的时候，走进了位于3层的公司。

面试官是一位年轻的白人男性，个头儿比张成高一些，块头也比他大。这是位纯种白人，很短的金发映衬着他的金丝眼镜，镜片后面那一双深海般的蓝眼睛能显示出几分城府。他手拿张成的简历，先询问了一些基本情况。张成怎么说也是康大商学院的毕业生，如果是本地人的话，还是特别有竞争力的，只是因为他是中国留学生，若有本地的关系早就就业了。想到这，张成也多了些自信。面试官问了张成一些性格之类的问题，他也一一作了解答。随后，白人介绍了这个工作的性质，并问张成愿不愿意接受这份工作。张成激动地说"yes"。"介于你之前的面试表现，我公司愿意雇用你。那11点就开始培训吧。"

20

培训室一同进来的还有另外4个人。一个白人，两个印度人，一个黑人。过了一会儿面试官进了屋，还是由他来做培训。培训一共4小时，分为两节，第一节讲述待遇分配，第二节讲述产品。

原来这是一家刀具直营公司，张成被招来是做销售的。没有基本工资，卖出一套刀具，拿一份提成，单月卖出的刀具数量越多，达到等级后，提成的比例也将随之提升。这个工作需要员工开着自己的车对本族裔的人挨家挨户上门推销。这一套刀具不便宜，要300多加元，刀具的质量没得说，什么都可以砍断，而且公司给出的是永久warranty，也就是说刀如果用坏了，公司会无偿再换一套。产品还真的有过人之处，比如那把剪刀，居然可以把1分钱的加元硬币剪成丝。只是张成有一个困惑，这些刀具都是老外用的那种细长弯头的，而中国人切菜都用惯了四方形的菜刀，这是个推销硬伤。

培训分为三天，张成第二天去的时候，已经剩下4个人，张成也有点打退堂鼓了，但先培训试试吧，别轻言放弃。这一天的培训主要是教人怎样在客户面前演示切菜，也就是在客户面前显示这刀有多锋利。这一天培训的最后时刻，培训师说道："我公司是不会免费给销售提供刀具的，但是大家可以以成本价拿到刀具，用来给客户演示。每套刀具大家只需要付120加元即可。”听到这，张成心里咯噔一下，上当了。

培训结束，张成走到cote de neige车站准备坐165路公交车回downtown。11月初，加拿大已经是深秋的感觉，一阵风吹过，树叶纷纷扬扬地飘落下来，砸在张成的肩上。他叹了口气，自言自语道：“真凄惨!”自从移民面试那天没通过，就没有好事儿，罚单，被美国拒绝入境，找工作的种种困难，最后又来到这破公司。汽车驶过皇家山的最高处，他看着半山的黄叶已经落了一半，下了决心，明天不来培训了。这个公司就是专门赚这些培训生的钱。况且，这刀具根本不适合中国大妈，不去了。他打定主意，明天接着到图书馆投简历。张成的决定是正确的，按照加拿大劳动法规定，即使是培训，公司也要付给培训生工资的，这家公司显然没有遵守这条法规，还要培训生出钱买刀，肯定是有问题的。

事情总是否极泰来。11月12日，张成生日的第二天，一个面试电话打了进来，张成用不能再好的口吻说着自己已经熟得不能再熟的英文自我介绍。电话另一端是一位说着纯正英文的女性，听声音就极为Nice。这是一份英文接线员的工作，工资是11.7加元一小时，如果是晚上的话加1加元，full time全职，张成知道在餐馆打工的同学也就9或10加元一小时，这份工资听起来还不错啊。女人对张成说：“你通过了我的电话面试，隔一天会有第二次面对面的交流，如果通过了就可以上班了，先是半个月的培训，当然，这半个月的培训也是有工资的。”张成振奋起来，果然天无绝人之路。

21

张成约的是早上8：30的面试，公司地址在市中心Bonaventure大楼对面的5层高棕色写字楼里。张成事先在Google上查好了路线，走路二十五分钟就能到达。他7：20出了家门，天蒙蒙亮，路上的行人并不多，大家都穿着棉袄，早上很冷，每个住宅楼顶都冒着白烟。他外面穿了件黑色的皮夹克，里面穿着衬衣，打了领带，再套上一件黑色毛衣，这样显得庄重成熟。他这次没有拿LV公文包，上次移民面试没有通过让他有了一种想法：如果让人觉得你很有钱，有可能会招致反感，起反效果，所以他这次换了个黑色手提电脑包。

走到Peel街路口右转，上Rene-Leveque大街，一直下坡。那座棕色办公楼终于出现在张成的眼前，看这楼的气势，怎么也有六十年的历史了，可能是昨日的秋雨，最上面两层的墙壁还没干，所以这楼下面发黄上面发暗。大门口已经有青年老外在那儿扎堆抽烟了，看来都是在这楼里工作的。大门上方用红色铁皮圈着Point Zero，这是家商业地产公司。进了楼，右手边是电梯，左手边是Van Houtte咖啡店，时间还不到8点，张成进了咖啡店点了杯咖啡，加了两个奶，一个糖。咖啡跟寒冷的早晨更配。

早上8：20的时候，张成上到5层，前台让他先填个表，然后耐心等待。

9点的时候，面试官来了，是个白人男性，他对张成说，这是个小组面试，一起面试的还有其他5个候选人，大家要做的是分成两组，3个人一组，根据他出的题目做一个5分钟的演讲。张成吓了一跳，这不就是他大学每堂课都在做的演讲嘛。张成想，好吧，让自己挑起大梁吧。跟他同组的两个老外一个是黑人，一个是印度人，说英文都有口音，张成就带着他俩做了个演讲，客观地说，比另外一个小组说得好，演讲结束之后，每个人又做了一套英文测试题，其实就是测性格与情商的，往俗了点说，人家公司不想雇个情商太低的傻子。题做好之后，大家都要回到前台的座位上等待结果，张成很煎熬，好久没有感受到高考发榜的那种紧张了。不一会儿，面试官把他叫到了一个办公室里，里面坐着另一位高管，面试官微笑着说："Mr. Zhang，Congratulation，we decide to hire you today. "(张先生，祝贺你，我决定今天就雇用你。）另外一位人事高管把待遇和合同给他解释了一番，然后问他是否愿意接受这份合同。张成当然欣然接受。

22

培训一共两个星期，每天早上8：30到，下午5：30半下班，中午有一个小时午休。这个时间表只是暂时的，正式上班后，工作由下午2点开始。张成星期一来到公司，得知这次公司一共招了10个人，要进同一个team。第一天，公司的一个高层来讲话，他的中心思想是这两个星期一共10天的培训，所有的人都必须全勤，落下任何一天的培训，都有可能在上岗后出现很多问题。“如果有人在这10天中有累计4个小时没有出勤的话，将终止合同。如果有人哪天有事不能来的话，那么，请现在就主动离开。这是不可抗拒的一条规定。别怪我丑话没说在前面，到时候翻脸不认人。”这十人中只有张成一个中国人，剩下的都是老外，大多是本地人，还有几个新移民。年龄有大有小。张成与一位40岁左右的中年东欧大哥聊了起来，这人看起来很面善，而且穿着得体，微胖，头发稍微有一点儿秃，应该是吉卜赛人。张成问他在自己祖国是做什么的，他说自己是一名医生，张成心想：怪不得觉得素质挺高呢，原来是医生。但是不管哪国的医生，来了加拿大都自动失去了从业资格，必须重新学个五年八年的才可以。张成还替这大哥感到有些可惜。

最开始两天的培训师是那位长发白人男性，尽管有些摇滚的装扮，但是能感觉出来人很好。培训的内容是与以后工作相关的电信知识。张成就职的这家公司名字叫Atelka，是一家电信行业电话中心外包公司。加拿大各大电信公司，bell，Rogers，Telus等都会把公司一部分电话中心的业务外包给这家公司。为什么电信公司不自己做，而需要Altelka这样的公司呢？主要原因当然是成本。各大电信公司人工成本普遍较高，这不仅仅是工资高的原因，而是电信公司没有必要为了这些业务雇佣终身员工。而且有些业务是脏活累活，需要承受很大压力，所以员工容易辞职。Atelka把这样的业务用电信公司满意的价格承包下来，重新组织工作。张成以后要做的就是Rogers（罗杰士）的业务，所以他学习的材料都完全来自Rogers。张成每天都要通过两个测试，测试在Rogers的员工内部网站上进行。每次考试都要以90分以上通过，不然解约。张成作为中国人，应试肯定是没有问题的。其实很简单，20道选择题，对18道就OK了。不过也难免有出错的时候，一开始张成还挺紧张，害怕万一没过就给他解约了，后来发现，培训师得知成绩没有到90分的话，会让学员重新登录题库，再做一遍，张成松了口气。

Rogers公司是加拿大第二大的电信公司，之所以第二大，是因为Bell（贝尔）有国企背景，好多业务有垄断的嫌疑。但是Rogers绝对是最灵活，最有活力的电信大公司。旗下业务包括固定电话，有线电视和手机三大块。张成要接触的业务是固定电话转换。Rogers要把全国的旧有的固定电话系统的线换成光缆。换成光缆之后，这些客户就可以通过光缆安装internet和有线电视，当然，这些固定电话客户家里肯定已经有了有线电视和网络了，Rogers会用三合一的优惠价格来抢这些客户。即使客户与其他公司有合约在身，Rogers都可以替这些客户把违约金付了，因为Rogers就是要抢占地盘，第一件事儿就是先换电话线。

Rogers为了抢客人不择手段，先发一封信件到每个用户家里，上面写着要换电话线，让客人主动打电话预约技术工人。但是一般这样的信件都没有人理会的。信上会写着如果你不预约，那么一个月后电话会自动中断。当客户的电话中断那一刻开始，他们往外打任何电话，会被自动转到Atelka，也就是张成的部门。张成这时候要跟客户解释为什么会这样，唯一的办法就是马上预约技术工人，只有客户完成预约之后，电话线才会被重新接通。

听起来好像不难，预约一下就好了。但客户的反应一般都是勃然大怒，破口大骂，最后挂电话。培训师说过："客户骂你，你就听着，等着他骂累了，自然会停止的，如果你跟他认真了，那你就输了。如果客户骂你Fuck you，你回应一句Fuck you，那你将失去这份工作，每一通电话都是有录音的。公司专门有一个team，就是听大家录音，如果不好，那就要当心了。"

23

培训进行了几天，东欧医生大哥离职了，他在Lachine那边找到了一个时薪多两块的工作。到了第二周的时候，还真有个欧洲女新移民被辞退了，因为她请假超过了4个小时。其实她不是来认真工作的，她通过帮新移民找工作的政府机构找到了多份工作，然后去培训，因为培训也有工资拿，每次培训结束时，她就拿钱走人。

后来几天的培训都是在上午，下午大家就进入办公区坐在老员工旁边，插个耳机听老员工接电话。张成第一次进入办公区的时候真的震惊了，这是个200人一起工作的办公区，几乎所有人都在电话线上说话，时不时有人崩溃，提高嗓音在那跟客户吵架。当通话结束后就是一顿大吼。这个大办公区大概有6个部门，每个部门都有一个主管坐镇，办公区最前方的中央是个控制总台，上面坐着一个大总监和两个调度，他们控制着所有电话流量的方向，时不时地喊出办公区内员工的名字："张三，你干什么呢，快接电话！李四，你的休息时间已经到了，快上线。"张成被安排听一个老员工的电话。老员工是个年轻白人，但不是正常白人，应该是个社会人。他个子高大，大概1米85左右，身材强壮，他的手臂满是文身，而且特别硬朗，脑袋上留着黑人独有的编辫儿长发，这对于白人来说真的是太非主流了。张成坐他旁边，一开始还有点怕他。老员工一开始挺酷的，也没搭理张成，张成就在那听着。的确，人家Native English Speaker讲出来的英文比张成好听太多了。虽然说得好听，但文身男也被客户骂了。

张成安慰他说："这工作挺难的。"他倒反而鼓励张成说："没事，还行，我是inbound，也就是接电话的，如果是outbound，那可就惨了。"张成问为什么，他一边快速地在电脑上整理着刚才通话的记录，一边回答："接电话，运气好的时候，电话少一些，大家能每隔一个电话，休息几分钟，但如果你是往外打电话，当你挂掉前一个电话后，系统自动会帮你打出下一个，几乎没时间休息。"张成想想还真是这么个理儿。

快到5点的时候，文身男的小伙伴叫他下楼抽烟。但是他一天仅有的两个15分钟休息已经用完了，文身男说："你替我接吧。"张成说："能行吗？被录音的。"文身男说："没事儿，你相信我，这是台词，你照着读就行。如果出事儿了，算我的。"张成当时很紧张，但是人家话都说到这份儿上了，只好答应。

文身男走后，张成悬着颗心，祈祷电话别打进来，但是，随着身边的同事，一个个接了电话，他觉得不远了，终于，耳麦里传来一个拉长的哔声，"Hello，Hello?"张成吸了一口气，照着材料上的台词开始读："Hi，My name is Donald，I am working for Alteka on behalf of Rogers. The reason your call has been transfer to me is...（你好，我叫唐纳德，我为Atelka工作，但是我代表的是Rogers，你的电话被导到我这儿的原因是……）"由于张成心里战战兢兢的，读得也磕磕绊绊的，所以估计电话另一边也没听明白什么，顿时暴怒了，对张成吼道："你不是Steven？你是谁，我是在给Steven打电话。"于是张成又读了一遍刚刚说的，这回倒是流利了很多。这时，文身男也回来了，他拿起耳机听张成讲。

对方：“我不管你是谁，我在给我哥打电话，你快点给我弄好。”

张成：“那你得先跟我预约个技术工人，我才能给你弄好。”

这时他暴怒了，开始骂张成，张成就听着，心里还想，你骂，我就不说了，省着在文身男面前露怯。对方骂了一会儿，但发现张成没有反应，根本不反驳，他态度反倒变好了。说：“哥们儿，你知道吗，我刚刚下班到家，我爸被120（加拿大是911）送医院了，我不知道他现在的情况，我很急，你先给我弄好，让我打个电话，行吗？”张成一听，这情况怎么办啊。这时，文身男告诉他put him on hold。这样对方就听不到张成和文身男的谈话了。张成按了hold键。文身男说：“不允许给他恢复的，流程是只有他完成预约才行。叫他拿手机打电话呗，还非得用固定电话啊。”张成想想也是，又接上了线。文身男在跟周边的同事打趣这个电话的奇葩。张成又磕磕巴巴跟对方说用手机的事儿。对方说没有手机，张成又给他hold了，文身男说：“那让他去邻居家打去。”对方又愤怒了，说要找主管，张成看着那边的主管，文身男让张成跟对方说主管开会去了。说罢，对方又给张成骂了360遍，然后自己挂了，张成悬着的心终于放下了。

24

两周的培训即将结束，张成每天晚上下班以后都会带着电脑去大学继续学习Rogers的网上培训，主动在晚上学习的这种情况都可以追忆到他刚刚去加拿大那年了。

张成所有的考核都通过了，星期一就正式进入办工区，开始上线了。他的工作时间表是下午2点到晚上10点。这是call center 新人都必须通过的艰苦历程。一般情况下，在一个团队里，只有后面来了新人，他的时间表才会往前提一提，资格老的员工才会有早九晚五的工作时间表。张成进入的团队叫MNM团队，大家戏称这是Eminem team（艾米纳姆是新千年美国最有影响力的白人说唱歌手）。所在的这个Team一共有20多人，只有一个team leader（主管），他名叫Afiff（阿佛夫），是阿拉伯人。张成特别奇怪，为什么这个办公区的主管和总监三四个人都是阿拉伯人啊？他们掌握着这个办公区的半壁江山。难道这家公司是阿拉伯人开的，但想想也不是啊，公司的大领导是白人啊，还有说公司老板是犹太人的。犹太人这个说法的确可信，因为加拿大好多公司老板都是犹太人。其实想这么多也没有用，办公区现在一共就两个中国人，另一个离张成很远，有点眼熟，好像在康大读书时见过，但是没有交集，也没有时间和机会交流，张成想想，还是在公司做弱势群体吧。

在公司里，办公区的分帮分派与社会上基本一致。阿拉伯人坐在一起，黑人坐在一起，不多的白人也坐在一起，张成没有同类，只能随遇而安。这些员工里，张成特别喜欢听白人讲的英语，吐字清楚而且语音语调都显得很得体。黑人因为嘴唇比较厚实，所以发出来的音很是不同，但是黑人节奏感强，而且热情，所以有时候觉得蛮好笑的。黑人女人的笑点特别低，有时张成还没有听明白他们在说什么，几个黑人女人就开始没完没了地哈哈大笑，张成也跟着笑，只因为她们笑得太开心了，发出了各种张成这辈子都没听过的怪声。阿拉伯人说英文就跟机关枪一样，有时听着听着就听不懂了，原来他们说起了阿拉伯文。印巴人他们的职业基本是出租车司机和餐馆打杂送外卖，来这里上班的不是特别多，培训的时候，有两个巴基斯坦人，一个在加拿大本地长大，英文说得特别好，但是好像特别不合群，这的确是加拿大的社会问题，即使移民的孩子在加拿大长大，也不一定就能适应这个社会，因为这些孩子在学校里也受了很多的排挤与歧视。所以这位小哥总有些自我保护意识，管理层也认为这孩子比较难管理，没过几天就给辞了。还有另外一位巴基斯坦新移民，叫穆罕默德，名字跟阿拉伯人一样，但是长相是印度人。人还不错，就是他的英文实在听不懂。他有时还会跟张成抱怨加拿大的好工作都让白人占了，他之前是在卡尔加里大学读的金融专业。但是在卡尔加里找不到工作，就和他老婆孩子来了魁北克。可惜没过多久，他也被辞退了，可能是他总请假的缘故，阿拉伯领导还真不惯着他。他们都被辞了，张成也跟着紧张起来。还好，中国人固有的自律习惯在加拿大任何公司都可以立足，中国人信儒家思想，到哪儿都在保证自己工作质量的基础上避免矛盾的发生，虽然总吃点亏，但是管理者还是比较喜欢守纪律的中国人。

张成当时挺难受的一件事儿是没有能聊天的小伙伴，因为别人的文化背景都不同，所以大家交流起来都会比较小心一些，彼此开的玩笑也都听不懂，笑不出来，开过了的话，还会引起误会。每天中午他都是一个人吃饭，倍感孤独。吃好饭后，会去对面的Bonaventure大楼里转转，因为大楼的二层有一个室内滑冰场，会有好多学生在那滑冰，张成可以在那打发些时间。

25

团队里有另一个亚洲面孔，男性。他和张成一样，面对的也是不属于任何一个群体的孤独。张成第一眼望过去的时候，居然判断不出他来自哪里。这很难得。张成根据相貌穿着特征，基本一眼就能分出中国人、韩国人、日本人、越南人等人的区别。但是他看着那个年纪相仿的男生，从他的穿着和英文口音上找不到以上这几个地方人的任何特点，但分明是一张东亚人的面孔。张成有一天忍不住了，问他是哪里人。他说："我是日本人，但我是在巴西出生、长大、生活、工作的。"张成恍然大悟。这哥们儿英文不错。巴西跟日本有渊源，一百年前的巴西需要移民，他们把眼光投向亚洲，清末时要求中国人移民巴西，但有两个条件，一是必须加入巴西国籍，二是不能是单身汉，必须全家。所以中国人去巴西的少。而当时日本刚刚明治维新结束，好多农民失去土地，所以有30万日本人移民巴西。在之后的一百年中，日本人在巴西逐步取得了自己的政治和经济地位。这哥们儿就属于巴西的二代移民。

晚上回家，张成照例给父母打个电话。但是母亲的手机一直没人接。直到晚上10点多，妈妈给张成打了回来说："我和你爸在沈阳呢，你姥姥可能快不行了，大概就这几天的事。所以，你这几天别给我打电话，因为妈妈会很忙。”母亲说这几句话的时候，带着哽咽。张成一声也发不出来，感觉全身都麻木了，没有知觉。无声的泪水不停地滑过脸颊。他把电话挂了，觉得世界塌了。他把浴缸里放满了水，躺了进去，张成陷入了回忆中。

四岁的时候，张成上的是市委幼儿园，每天下午4点姥姥去接他，幼儿园的门口聚着些卖零食的小商贩，其他小孩儿出来的时候，都要这要那。有一个卖雪糕的，卖两种，一种是小人冰淇淋，另一种是蛋黄冰激凌。姥姥拉着张成的手说：“我给你买个雪糕吧。”张成说：“我不要，我不要花姥姥的钱。”姥姥逢人就说：“我家张成从小就懂事。”

从幼儿园到姥姥家要经过一条三百米的大下坡，单行路。冬天的时候，会有小孩子在那儿滑冰车，从顶上滑到下面速度很快。那天姥姥看到一个小孩要坐在冰车上往下滑。姥姥问那小孩，可不可以带着张成下去，小孩同意。张成拉着姥姥的手说：“姥姥，我不敢。”姥姥说：“你是不是男子汉？”张成勇敢地滑了下去，开心地玩了很久。

从蹒跚学步到现在，所有关于姥姥的记忆都从张成的脑海中闪现出来。其中有一个反复出现的片断，张成每次从加拿大回来，都是姥姥给他开门，笑着抚摸着自己的脸：“哎呀，小张成回来了。”张成在她脸上左右来回亲着。妈妈跟张成说：“你每次坐飞机，你姥就睡不着觉，直等到你回来。”

但是现在，姥姥要走了。他却无能为力，甚至最后一面都见不到。

张成做了一个梦：他骑着自行车，春天的小路上，没有人，只有梧桐树和阳光。姥姥做好了一桌子菜，有很多肉，坐在桌边等着张成，张成用力地骑，却怎么也骑不到家……

26

12月22日，妈妈打电话告诉张成，姥姥已经火化了。张成挂了电话，哭得不能自已。

姥姥出生在黑龙江，是地主家里的小女儿，从小就集万千宠爱于一身，她小时候得过一次重病，是痢疾导致的高烧，眼看就不行了，家里托人弄到了吗啡，才把姥姥救活。后来共产党组织发展到黑龙江，读过书的姥姥当时是有文化的热血青年，就跟着组织走了，脱离了地主家庭。

姥爷是陕西佳县人，住在黄河边上。从姥爷所在的村子去黄河打水的话得翻三座山，张成去过一次，开车都是盘山道，转了1个小时才到，估计姥爷当年去黄河打水得用个小半天。姥爷当年每天的生活就是打水，放羊，吃大枣。后来红军来到了陕北，姥爷是个青春期少年，就跟红军走了。这也是姥爷一生的光荣。张成妈妈年轻的时候，去哪儿都说自己来自老红军家庭。小时候姥姥家门框的右上角挂着个木牌，上面写着“光荣家庭”四个字。后来解放战争快结束了，组织上给功勋姥爷安排婚姻，姥姥就被组织光荣选中了。姥姥可比姥爷整整小20岁啊，这跟电视剧《亮剑》里的故事非常相似。

后来姥爷参加抗美援朝战争，还负了伤，光荣回来。组织上给安排的职位是市房产局局长，要是放到现在，那可不得了。姥姥的职位是市幼儿园园长，放到现在绝对也是高级官员家庭。不过当时张成还没出生，张成出生的前一年，姥爷就去世了，所以他没有见过姥爷。从姥爷去世到姥姥去世，又过了三十年，姥姥从来就没想过再找一个老伴儿，一个人撑起这个家，这是张成特别尊敬姥姥的一点。父亲曾经对张成说过，姥姥年轻的时候回头率是非常高的，形象气质特别出众。张成有一次问姥姥："你这辈子有过爱情吗?"姥姥告诉他，当年在黑龙江部队里有一位特别英俊的副司令员对她很好，姥姥也很喜欢他，但由于是特殊时期，这些事都是要通过组织的，所以就错过了。张成的逻辑是，错过了挺好，若是没错过，就没有他妈了，也就没有他了。

姥姥的去世对张成打击很大，把他少年时期的记忆都从脑海深处冲了出来。最近的两个月，他几乎每天都在做梦，至少有十次梦见姥姥，可能是日有所思，夜有所梦。张成相信是姥姥给他托梦了。这让他的精神得到了一丝慰藉。

27

张成化悲愤为力量，继续上班，但电话里跟客人经常吵嘴，有时候难免会不按台词来说，有些本地白人阴险，侮辱张成说你怎么可能找到这份工作，Rogers怎么会雇用你这样不合格的员工，以勾起他的愤恨。就这样，张成接到公司给的第一份口头警告，虽然是口头警告，但是是以书面形式发给张成的。不久后，公司开始大幅裁员，搞得人心惶惶。张成也紧张，但是内心做好了回国的准备，就没有那么怕了。有一天，张成身边的黑人女同事Eribell被一位主管Shelly 叫到会议室，她回来什么都没说，收拾好自己的东西就走了，那一幕对张成很是震撼。

没过几天，张成之前的一个主管，白人男性Mark也被lay off了。张成还记得Mark在休息室里跟他说的最后一句话是Mark这辈子最爱的就是加拿大冰球队。张成犯蒙为什么自己还没有被裁。其实道理很简单，中国人听话，不惹事，不罢工，不要求权益。接下来不久，张成被调换了一个部门，叫ACI，因为MNM的业务快做完了，工作的末段，张成一天总共才接8个电话，1小时接一个，剩下的时间就是闲着，无聊透顶。

ACI部门是卖Rogers有线电视的，所以要把电视台的名称和简写都搞明白，这样好方便客人选择购买的频道，张成还算聪明，能记住一些，他的同事真的是做得一塌糊涂。上线的第一天，每个人都收到了一份书面警告，因为大家都说错了好多。张成犯的一个错误就是跟一个亚裔中年人说Rogers有线电视里没有CNBC这个频道。那时候他当然不知道CNBC。电话里的华裔男人给他好一顿损，还投诉了他。CNBC是美国最重要的商业电视频道。张成已经收到一个书面警告了，积累到三个就可以光荣下岗了。

张成的工作状态还不错，虽然痛苦地不能融入，但是每天上班之前在楼下买一杯咖啡带上楼，也算是一种享受。没过多久，又一轮裁员开始了。张成倒是高枕无忧，他的主管Afiff平时不太管他，但是他裁了几次人，也没有裁张成，原因是张成不给他找麻烦，而且听话。中国员工至少考勤都是特别漂亮的，老外员工真的有各种奇葩，各种不守规矩。

有一天，张成照例百无聊赖地接着电话，突然听到斜后方一片骚动，有个中国女生的名字被大家呼来唤去。张成用脚蹬了一下地毯，滑椅顺势往后滑出半米，他脑袋右转，望过去。玲珑的背影、修长的腿瞬间让他忘记工作的种种不快。女生正在给主管总监们分吃的。看到平时都不笑的领导们对这位长腿美女笑脸相迎，张成非常诧异，她怎么能在这里混这么好？

张成原以为在这个公司里，中国人永远都不会得到优待，但是这个女生人缘超级好。张成纳闷，为什么自己在公司没人理，难道是自己的问题。后来他想明白了，其实中国女人本来就在西方公司里受欢迎，她们相对于白人女性来说比较温婉。更何况这个女生长得漂亮，个子高，穿衣服也好看。怎不让大家喜欢？张成上班没事就开始偷瞄她，当然张成是不会让她发现的。到公司几个月了，张成都没跟她打过招呼。但是他私下里跟同事旁敲侧击打听她的情况。后来天公作美，张成所在的部门业务马上就要结束了，他和一些同事被安排参加一个新项目的培训，令张成惊喜的是她也被安排到这个为期一周的培训里。张成觉得这是上天安排的机会，终于有了正当搭讪理由。

第二天培训，张成吃过午饭回来，发现她独自一人在培训室里看材料，赶快用最快的速度把电脑打开，然后找出一道有争议的题目。

“这道题为什么选D啊？”

她转过头惊奇地望着张成，缓缓地说道：“你会说中文啊？”

“对呀，要不然呢？”

“我以为你是韩国人呢。”

“哈哈，我不吱声，有好多人以为我是韩国人。”

此时，这道题已经失去了讨论的意义，张成看到她嘴角上扬，脸上洋溢着欢快的笑容。他知道，其实她也很想在这个公司里能用中文聊天，即使她很努力地与外国人沟通，建立良好的交流氛围，但是这些都是很累的，因为文化背景不同。好多中国女人在老外公司听人家讲笑话时，看到别人笑了，自己也跟着笑，其实根本没听懂。但是为了融入，还得假装听懂了哈哈大笑。跟自己人交流的机会弥足珍贵，一个眼神就全懂了，更何况说中文呢。就这样，她颇有点与张成相见恨晚的意味。

她叫冯翠，她说她爸姓冯，她妈姓崔，取了个谐音，综合一下就叫冯翠了。她来自大连。冯翠早张成一年就来蒙特利尔上学了，与张成不同的是她上的不是康大和麦大，而是Lasalle College。她先在那儿读了个文秘专业，然后用这个毕业证申请了魁省经验类移民。当然，她法语学习挺认真的，也有人帮她，她说那时候自己有个台湾籍男朋友，本地长大的，会说法语，天天陪她练。而且她面试的时候，是个本地老太太面试的，非常喜欢她。拿到了移民身份后，她找到了这份工作。但是她不仅仅有这么一份工作，周五晚上和周六日，她还会在康大旁边的中餐馆打工。张成惊叹居然还有这么拼命干活的人，她说在餐馆打工能赚小费，核算一下，比在这个公司每小时赚的多。那边是现金工，而且不交税。这还没完，她平时还会利用晚上的时间去Lasalle College读她的第二个专科学位，幼儿教育。加拿大缺少幼教，她希望可以做点贡献。张成听了这些事儿，对她的好感上升到了一个新的高度。没想到这样一个漂亮的女生，居然还会这么勤奋。

张成在冯翠身上发现了许多优点，这让张成对她的好感升级，但是他还有四五个月就准备回国了，如果追求冯翠的话，不成还好说，一时失落一下，万一人家同意了可怎么办啊。她肯定不要回国的，那在一起几个月再分手，这可不是二十七八岁人该干的事儿了。张成对另外一个问题也很伤脑筋，就是回国了该做什么？网上天天说什么应届生找不到工作，海归变海待。还有的新闻标题更加惊悚，比如《花100万留学，回国一年找不到工作》，报道说得有模有样，主人公实在没办法，只能再回到国外打工。部分新闻从业人员根本没有职业操守，为了博眼球，乱写，误导了太多的人。其实国内的工作机会比加拿大多了不知道多少倍，一周七次面试机会与一个月一次面试机会是一个级别的吗？

每天能在上班的时候看见冯翠，张成很开心，如果她没来，张成就闹心。张成自己都疑惑是不是爱上她了。张成想与她更进一步，直接约吧，有点唐突，万一人家不出来，或者看破了张成的心思，以后故意疏远可怎么办。当然了，机会总是不期而至。有一天他俩闲聊，她问张成：“你想找女朋友吗？”张成甚是窃喜，心里一片激动，莫非这是什么暗示？就回了她一句：“啊？”她说：“我有一个好朋友小西……”听到这一句出来，张成心里凉透了，但又不能说自己不想找女朋友，只好说：“行啊，约出来喝杯咖啡呗。”张成的唯一的目的就是能在非工作时间和冯翠出来见见面。于是便约在星期六下午5点。

因为心里有冯翠了，张成不想让小西看上自己，所以那天他故意往邋遢里捯饬。他把已经不穿N年的大绿棉袄找了出来，再来个大蓝牛仔裤，宽边儿的，一双发黄的白旅游鞋也穿上了。张成觉得还不够，万一人家就喜欢犀利哥那种范儿呢。张成还得叫上刘宇，刘宇平时就光鲜亮丽的，如果告诉他有女生喝咖啡聊天，那他一定就会把自己打扮成商务男神范儿。这样他和张成来个强烈的对比，保证人家看不上自己。刘宇看着漫天雪地，正无聊呢，一听有美女，立刻来了精神，精心打扮一番，喷上香水，开上老曹的宝马出来了。

张成在绿房子吃宝岛台湾肉燥饭，等着刘宇来找他，他跟人家约的5点，故意晚去一会儿，这里他使了个小心机，因为是约在1625楼下的星巴克，座位基本都靠窗。刘宇的宝马在那路过她俩肯定能看到，到时候刘宇宝马钥匙一亮，那张成肯定就完败于刘宇了，人家肯定看不上张成了。他觉得这计划太精妙了。

张成按计划让刘宇在咖啡厅前兜了一圈儿，再去停车，张成坐在副驾驶上看到小翠俩人坐在窗边聊天，压根没往张成这儿看，真是人算不如天算啊。不过，不出所料，刘宇在坐进星巴克的那一刻，的确把车钥匙亮了出来，放在桌子上，效果也达到了一半。冯翠给小西做了介绍。张成介绍自己顺便说："这是我朋友，刘宇，我自己来有些不好意思，所以让他来陪我。"

小西是康大电子工程系毕业的研究生，毕业后也找了份call center的工作，而且早就移民面试成功了，准备入了加拿大籍就回国。长相跟冯翠比起来差了两个级别。四个人总的来说聊得还行，张成没太说话，让刘宇做演讲了。刘宇不负张成所望，一如既往的温文尔雅。但是张成也能发觉，刘宇显然也对冯翠有好感。

28

刘宇这次从宾州回来，就不再回去了。老曹的工厂出了问题。美国金融危机，石油价格猛跌。老曹经营的塑料瓶片价格是跟着石油价格联动的，也大跌。北美的瓶片运回国是要在海上漂一个月的，待有人接货时，价格已经跌了许多，没人接货。美国这边生产出一吨就得赔一吨，所有的媒体对未来经济都很悲观，老曹也挺不下去了，计划关门走人。刘宇说老曹还被Jack敲竹杠，付了人家3万美金，不然Jack就要把老曹跑路的消息告诉老曹的房东和供应商前来要钱。

冯翠问张成对小西的印象如何，张成说："不是我的菜。"

"小西对你印象还挺好。"

张成甚是惊讶，都已经打扮那么差了，居然印象挺好。他问："她没说刘宇好啊？"

"小西说他有点油嘴滑舌，不如你看着老实。"张成听到这些倒也是无话可说了。小西加了张成的QQ，她的用户名是deer（鹿）。她基本晚间给张成发信息，因为她那个工作是Fairmont酒店的中文服务call center，都是国内的客户，所以黑白颠倒。张成无意于她，自然爱答不理。

时间慢慢流逝，张成和冯翠已经完全熟悉了。她每天上午会喝绿茶，还会给张成泡一杯，再在里面泡上三个甘菊花。张成有这个喝，也就不买咖啡了，他怕买了咖啡就没了这特殊待遇。下午，她会给张成泡一杯玫瑰茶，味道有点酸，但是张成心里美。有个男同事叫哈桑，黎巴嫩人，长得像斯巴达勇士，挺有肌肉，穿衣有型，说话还斯文。他跟冯翠的关系不错，张成能感觉到他也喜欢冯翠。但他可没有这个待遇。

为了报答冯翠，张成请她去美食坊吃饭。美食坊是康大附近的一个粤菜馆，价格适中。粤菜的一个优点是，每家味道都差不到哪去，不像川菜馆那么参差不齐。他俩约的是中午，中年老板站在门口跟张成打招呼，他瞄了一眼张成身后的冯翠。张成也算康大这边的一张让人蛮熟悉的脸，老板看张成这次不是朋友聚餐，而是单独带了个姑娘，自然也充满了好奇。这位广东老板也够逗的，白天看店的时候会跟年轻女waitress有说有笑，只要他那黄脸老婆晚上一到，马上板起脸，女waitress们也会严肃地干起活儿来。张成和冯翠坐下，张成连菜单也没看就点了啧啧鸡球煲、黑椒猪扒和清炒豆苗，在加拿大，青菜比肉贵。不一会儿，三个菜都端上来了。冯翠拿起筷子夹了一块鸡球，夹到了张成面前的白饭上。张成都没反应过来，也就是十多年前姥姥奶奶妈妈姑姑给他夹过菜。张成之前正式的非正式的女朋友也有过几个，但是谁给自己夹过菜？只有自己给人家夹菜的份儿，而眼前这位，不仅给自己夹了菜，最后还抢着买了单。张成内心震撼，起了波澜。

29

那次吃过饭后，张成觉得让女生请客，总有些过意不去，就约冯翠一起看电影。与预期的一样，冯翠还是挺想看的。于是两人便约在了星期二晚上，Scotia Bank Cinema的电影票半价，张成倒不是因为便宜而非得那天去，而是为了显得这一切都是为了看电影，没有别的想法。

他俩的班是有时差的，冯翠早张成三个小时，所以5点就下班了，张成得8点才下班，于是张成跟冯翠约在晚上8：30在电影院见。张成下班后以最快的速度沿着peel街往坡上走，十几分钟就能到，这样的话，可以在冯翠来之前就买好电影票和饮料。他走到St-Catherine和Peel街交叉路口，看到电影院那边人山人海，冯翠竟然先到了，站在里外两层门的夹层里玩着手机。张成走过去拍了下她的肩膀："你来这么早啊？我去那边买票。""我买好了。"她说。

蒙特利尔的规则是看电影，一般都是男的付钱，最多最多是AA，没有让女生付钱的惯例。张成对面前这个女生有了全新的认知，他完全被她的平等、她的独立、她的魅力打动了。

"我得去Tim Hortons买杯咖啡，不然一会儿睡着了。你喝什么？"张成必须买咖啡找补一下，要不显得自己就像个白吃白喝白玩的骗子。

“我要热的Cappuccino。”

那天看的哪部电影，张成已经忘了，但是他记得自己时不时地侧目看看冯翠，她睁大了眼睛，纯洁，甚至是单纯。

工作间隙聊天的时候，冯翠有时候会给张成讲一些小故事，比如说荷兰的堤坝为什么不会倒塌。张成问她怎么会关注这些故事，她说以后要讲给她的孩子听。张成很想跟她在一起，却没有勇气表白。他们平时闲来无事会打打电话，特别是深夜睡觉前，张成一时兴起还会在电话里给她唱歌，一直唱到她睡着，电话那头传来舒缓的呼吸声。

一个星期四的晚上，朋友小明找张成吃饭，他说在赌场赢了钱，非要去sport（酒吧）请张成喝啤酒。他俩点了一大扎百威，20盎司，按照国内的算法，有10瓶那么多。酒喝了一半，张成开始跟小明袒露心声。小明听了张成的困惑，说道：“成哥，你啥时候这么懦弱了？你就跟人家说呗。说不定人家喜欢你呢，你总不能让人家跟你表白吧？一会儿咱喝完酒，你就给她打电话，说完不就完了嘛。我告诉你，肯定能成。”

张成连干了几杯壮胆，然后微醉着说：“你回家吧，我去找她了。”

30

冯翠家住在Maisonneuve 1650，张成晕晕乎乎的，站在楼下，拨通了她的电话。

“我正等你电话呢，你要给我唱歌啊？”

“不是，我在你家楼下呢。”

“你等我，我穿上衣服下来。”

张成尽管没怎么醉，但是挺high的，也不紧张也不怕，就在大厅里站着。不一会儿，她从电梯里出来，穿着件天蓝色长毛衣和绒线宽松裤，长发扎成了辫子，脸上发着光，嘴唇红润。她微笑地走过来：“怎么了？”

“想你了。”

她拥抱了张成，轻拂着张成的后背。张成能闻到她身上的香味，不是香水，应该是沐浴露的味道。“我送你回家吧。”

张成家离她家不远，走路也就10分钟。两人走到路口，月亮逐渐从云端露出，发出洁白的光，打在冯翠的脸上，他俩肩并肩走着，张成扭头看着她的笑脸，用左手拉住她的右手，她很瘦，第一反应是把手抽出去，但是张成用力拉住，她也就放弃抵抗了，手放松了下来，但是张成能感觉到他俩的心跳反而更快了。

“我们在一起吧？”张成轻轻地说。

她没有说话，又笑了一下。张成用力拉了拉她的手说：“我问你呢？”

她点了点头。

张成仿佛在空气中听到这样的旋律：

“我愿意为你摘下天空中最亮的星，

我愿意每天都给你一百个吻，

我愿意拉着你的手跨过一千条河流，

我要爱你一万年……”

第一个知道这个消息的是梁思桐，因为第二天张成串休，梁思桐从南岸过来和张成喝早茶，张成太高兴了，还抓着梁思桐的脑袋，狠狠地亲了一口。梁思桐觉得张成已经疯了。吃过早茶，张成在唐人街买了两块蛋糕，给还在上班的冯翠送去，张成让冯翠从楼上下来拿，主要是想让她见一下梁思桐，张成这里还有些炫耀的小心理。冯翠笑着跟梁思桐说：“你叫我小翠就行。”自那以后，张成的所有朋友都管她叫小翠。梁思桐跟张成说：“跟你挺般配，身高长相都很般配。”张成心里那叫一个美！

到了星期六，两人一起休息了，说好去Second Cup看电脑学习，但是他们腻了一下午也没学5分钟。之间，刘宇要找张成喝咖啡，张成还没告诉他这事儿呢，就说在Second Cup。刘宇兴致勃勃地来找张成，发现张成居然跟给他介绍女朋友的漂亮女同事在一起了，一时唐突无语，小声地感叹了一句：“张兄，你可以的。”刘宇脑子转得快，马上也改口管小翠叫起了弟妹。

两人4点的时候顺着St-Catherine往西走，去韩国店吃猪骨土豆汤，到了店门口才发现5点才开门，二人继续往西走，走到张成原来住的westmont附近的小学，前几年张成总在这个操场跑步。雪还没有化，操场上没有人，张成拉着她走到操场的正中央，说道："来，亲爱的，主持人现在说，now，let bride the groom and bride make their first dance（现在让新郎和新娘跳第一支舞）。"张成搂着小翠在操场中央跳起舞："我们四周都是亲友，相机的聚光灯不停闪烁，亲友们高喊着亲一个，亲一个！"小翠开心地笑倒在张成怀里。

31

跳完舞，二人回到韩国店，大厨张成认识，是个北方的胖子，也是这家店的老板。他结婚的时候张成参加了，在南岸。婚礼的排场很大，那拨儿北方的留学生，留在蒙城的基本都去了，好多人那天喝得一塌糊涂，男男女女，弄出了好多感情纠纷，还有饭桌上为女的打架的。华人圈子小，你的现任可能就是别人的前任，几句调侃，就能引发一场冲突。张成那天开车，没喝，当时他就觉得喝了肯定没好事儿。大厨看张成今天一反常态，没跟哥们儿来，而是带着小翠，也不颠勺了，出来跟张成打招呼，其实也是想近距离端详一下小翠。张成说："来个猪骨土豆汤，炒海鲜，海鲜比萨，再来瓶真露。"真露其实就是酒精兑水，但是还挺火，就因为韩剧里面的桥段总有在深夜小餐馆里真露加烤牛肉的镜头。张成和小翠长得都还挺韩系，不说话别人还真以为他俩是对儿韩国情侣。二人喝了两瓶就回家了。外面逛一天了，两人累躺在床上。张成把小翠抱到身上，开始亲吻她，情急加激动，开始脱她的衣服，脱了几件之后，小翠死死守住了最后一道防线。"不行，我还没做好心理准备，等过几天，我把自己打成个蝴蝶结送给你。"张成一听，全身都酥了，翻了个身，面朝天花板躺着，喘着粗气说："行啊！"

张成沉浸在幸福之中，走在大街上，感觉春天来了，树要冒出新芽，咖啡越喝也越有味儿，吃什么都香。张成觉得上帝是公平的，带走了他最亲爱的姥姥，让他跌入低谷，但是没过多久又把他最爱的人带到他身边，张成的人生又亮了，这种感觉像坐过山车。

有天黎冬青让张成陪他逛街，张成也愿意跟他逛，因为两人喜欢一边溜达一边调侃路人，当然是他俩看着脸熟的同龄人，特别是有点台湾面相的，还有韩国的。两人一般是你一句，我一句，逗得自己哏哏乐，最后能扯到导弹马上要来炸他俩了，才算完。黎冬青提出了一个非常敏感的问题。他的意思是，张成找了小翠，就不用再去学法语了，直接结婚，申请个团聚移民就什么都解决了。还真不是只有黎冬青这么想，小翠的朋友也跟她说："他是不是想要移民身份才跟你在一起的？"因为即使不结婚，两个人在一起住两年，也可以申请魁省移民，这个叫commen law。黎冬青的话触及了张成敏感的心。他要好好表现，展现自己的真爱，而不是让外人误解自己是为了拿到枫叶卡。

几天后，小翠开始去张成家住，因为张成每天都会给小翠做饭。张成会开车去南岸金发超市买龙虾和活鱼，别看张成是东北人，他的拿手菜可是川菜和粤菜。小翠去上班的时候，张成还在家包了三鲜馅儿的饺子，自己和馅自己包，煮好，开车给她送去，小翠心里很是感动。

"我俩结婚吧。"小翠枕在张成怀里。

"结呗。"

32

张成本来夏天就要卷铺盖回国了，但是现在不可能走了。他舍不得小翠，所以准备在加拿大再留一段时间。小翠在Lassalle College的幼教专科课程还需要两年才结束，而且再多待一些时间她就可以申请加拿大国籍了，有了国籍就不用再纠结移民监的事儿了。二人商量了一下，张成再在加拿大陪她两年，等她学完，申请加拿大国籍资格，然后一起回国。张成也不想干现在这个工作了，除了能赚工资外，简直就是浪费生命。他准备6月就辞职不干了，先把婚结了，带小翠四处玩玩，然后看看能做点什么生意。张成依然觉得自己是个商业人才，做生意一定能赚钱。就这样，两人视频见了双方父母。小翠母亲问张成："小翠以后如果脾气不好，你怎么办？"张成想也没想："我让着她呗。"天高皇帝远，张成的父母反对也无济于事，只能祝福自己的孩子。

刚刚在一起恋爱的时候，张成给她买了个小礼物，是个Dior的口红，最红的那一款。张成对她说，你觉得重要的日子，你就涂涂。她也给张成买了小礼物。后来两人谈好结婚的事儿，张成觉得应该给她买个像样的礼物，就去LV给她买了个白色的包，小方格款。他把包包装起来，还写了卡片，放在家里茶几上，等她下班回来后自己发现，不过她回家一个小时都没看见，直到张成提醒。她自然是非常开心的。以前张成特别反对男生给女生买奢侈品，觉得这助长了男女交友中物质的不正之风，但是当小翠要嫁给他之后，他觉得给自己老婆买，怎么都对。

五月中旬，张成和小翠准备去法院申请结婚的排期，在蒙城，基本得提前两个多月排期，这样才可以在选定的8月8日在法院结婚。那天天气很热，张成和小翠来到法院。填交申请材料的时候，工作人员发现张成缺少出生证明，所以提交没有成功。回家的路上，张成开着车，小翠在副驾驶上开始埋怨他。天气本来就热，她没完没了的抱怨使张成无比烦躁，一瞬间真的想把车撞在墙上。他停下车平复情绪，两人好几天没说话。

33

张成回家没有找到出生证明，去银行的保险箱也没有找到。张成妈说她有一份，于是给张成从国内快递了来，张成和小翠这样就在蒙特利尔法院排期，预定8月8日结婚。两人的名字将出现在法院网站的结婚名单上，这样可以防止已婚者再跟别人结婚，算是个监督机制。两人商量了一下，既然是一家人了，银行账户就合二为一吧。张成把美元账户注销了，把加元账户跟小翠的合为了一个账户。

老曹关了厂回国了，刘宇找了新住处，搬到康大地铁站门口白求恩雕像广场的Tim Hort ons楼上，是个单身公寓，空间不大，但是之前的房客是搞美术的，给刘宇留下了几幅抽象油画，张成去看了下，整个房间充满艺术气息。刘宇讲究生活品质，这次搬新家还真没少花钱，三星52寸电视，Boss 5.1杜比音响，带蓝光的最新X-box。连啤酒都是Stella的，这让喝Budweiser的张成感叹："你可真小资啊！"刘宇一边打开音响，一边慢条斯理道："哎，张兄，生活嘛，生活。"重低音在屋里咣咣响起，震得窗口的鸽子都飞跑了。张成走到窗口，楼下是各种阿拉伯人坐在咖啡店和比萨店门口"啊哈啊啦"的，估计永恒地聊着中东局势。

小翠说婚戒一定要买Cartier的love系列，不用带钻，裸戒就行，但得是铂金的，Cartier在蒙特利尔没有店，离的近的只有多伦多和纽约，多伦多那边说没有铂金的love 系列，纽约店倒是有。这样的话他俩得办美国签证。上次在美国边境被取消签证让张成至今还心有余悸。但是老婆要戒指，那也没办法，只能硬着头皮去申请了。张成想跟签证官直接说自己要去买婚戒，可是加拿大也能买到啊。他左思右想编了个理由，说婚礼之后要去拉斯维加斯度蜜月。签证官详细询问了上次在边境的事儿，张成一五一十地都说了。签证官看到张成写的理由是要去拉斯维加斯度蜜月时，她困惑不解。这里有个小常识，西方人的思维比较固化，他们认为度蜜月就应该去蜜月胜地，拉斯维加斯是赌城，谁会去那儿度假？张成当时就后悔了，怎么没写要去迈阿密或者夏威夷呀。他坐在签证大厅里焦急地等待着。万幸这次很人性化，签证官看张成要结婚，予以放行。

黎冬青一直催着张成让小翠叫她的朋友一起出来玩，他还惦记着张成说的要给他介绍哈韩的武汉妹子，张成拗不过他，让小翠把那个女生约了出来。女孩一出来，张成都晕了，他认识啊。女生叫千惠，挺漂亮的，还小有名气，是康大的研究生。之前张成住在guy街上的公寓，有个楼层里住着一户韩国人，当时千惠是那个韩国男生的女朋友，有一次张成回家，看到她坐在电梯口流泪。张成估计她也认出自己了，但是这是陈年糗事，大家就心照不宣了。黎冬青一看是美女，顿时来了精神，和一起来观摩的刘宇都吵着去Club。张成这么讲义气，自然不会回家，就跟着去了。

周五的Cresant街人声鼎沸。加拿大终于熬过了漫长的寒冬，直接进入夏天。5人来到街角的Light Club，这家很火，是白人青年的聚集地。他们5个站在人群中颇显突兀，排了40多分钟才进入二层。强烈的电子音乐震撼着大家的耳朵，舞池中人挤人舞动着。张成和小翠在吧台附近跟着音乐的节奏舞动，刘宇衣着讲究，造型出众，去搭讪美女去了，黎冬青跳了没多久，就把背身的千惠搂入怀中，张成不禁心里一乐。

34

刘宇点了6个shot的Tequila（龙舌兰），每个shot也就半两，喝法就是在手背上蘸一点儿盐，舌头舔一下，然后一口把整杯shot吞进肚里，之后咬一口柠檬，美国电影里总有这个镜头。这个酒是跳舞时加速眩晕的。当然，他们都有一些酒量，喝起来不会有很大的反应，倒是刘宇喝了之后有点high，一个劲儿在那跳。张成又点了一瓶芝华士12年，张成觉得小翠应该挺能喝的。刘宇和小翠已经半熟了，殊不知刘宇的前女友是小翠的朋友，小翠还记着帮朋友报仇，有意要灌他酒。刘宇在喝酒上一贯耍赖，他能把一小瓶啤酒从开始喝到party结束，北方人对他的喝酒举动简直鄙视至极。但是这次，小翠把刘宇逼进墙角里喝，一开始还让他喝兑了绿茶的酒，后来刘宇居然喝high了，一边儿手舞足蹈跟着音乐节奏跳舞，一边儿又被小翠灌了一杯酒，这可是纯的芝华士啊。刘宇喝完，就去找洗手间，张成看他不行了，赶紧扶他。Club的女服务员看着张成扶着喝多了的刘宇缓缓走向厕所，还没走到门口，刘宇“噗”一声喷了，与别人吐的方式不一样，他这简直就是天女散花啊，喷出了一个大圆，像国内的煎饼一样扣在了地上，服务员顿时惊呆了，好恶心，张成托住刘宇大喊：“刘兄，忍住，忍住，快到了。”话刚说间，刘宇又喷了，地上又是一个大圆。女服务员估计都崩溃了。张成赶紧扶着他进了洗手间，刘宇看着洗手台的镜子，又是“噗”一声喷了满镜，张成机警一闪，完美躲过。张成想想，还是叫上大家回家吧。黎冬青还想再玩会儿。张成说：“刘宇醉得不行，吐的哪都是，吐的服务员那女的都得哭了，怎么擦啊？”张成多给了服务员一些小费。

黎冬青扶着刘宇打了辆Taxi，和千惠一起走了，张成和小翠溜达回家。张成说：“你看你给刘兄喝的，都挂了！”小翠说：“谁让他当年当陈世美的。”张成无语，不过经过这晚的折腾，这个段子成了后来调侃刘宇的笑料。但是刘宇的笑料可不止这一个。

加拿大还有overnight Club，那种Club就不是正常工作的人去的，因为是在半夜两三点钟开门，一直跳到第二天中午12点。加拿大的法律规定酒吧和娱乐场所半夜3点之后就不可以卖酒了，所以那种Club只卖水，那男男女女靠什么high呢？所以这些地方卖药的很多，隐晦一点的都是把大麻卷在烟里。药丸可不是谁都可以卖的，背后都有强大的帮派势力。有一次刘宇去玩，不知道从哪儿借了根烟抽，加上醉了酒，一直吐，只好坐的士回家，他把脑袋搭在车窗外面，一个红灯，车停下来，刘宇又有了吐意，正好有一个玩滑板的从自行车道经过，刘宇喷在了人家身上，小青年万万没想到会有这种情况，回过神儿之后就追着Taxi对着露在车窗外的刘宇的脑袋一顿猛打，这成了刘宇多年来的笑料。到了后半夜，吐完的刘宇越来越亢奋，竟然自己开车上了皇家山，后来大家才知道他可能抽到了大麻烟。最后，他那天由于体力透支，生病了感冒了一个星期。这事也一直被大家嘲笑。

35

刘宇酒后第二天，张成早起去唐人街打包了一份皮蛋瘦肉粥给刘宇送去，毕竟他是被小翠喝成这样的，何况张成和刘宇相依为伴好几年，战友般的友谊不容易啊。刘宇平时光鲜亮丽的造型已经不复存在，可以说是蓬头垢面，无精打采。

“张兄谢谢你啊，还给我买粥。”

“哪的话，我还有些过意不去呢。”

蒙特利尔的夏天还是非常舒服的，早晚都挺凉快。张成上午去绿房子的星巴克坐下看看英文报纸，听听爵士乐，筹备一下婚礼，看看路人，生活是多么美好。晚上回家给媳妇做个饭，等她回来吃。吃完饭，或者跟媳妇儿看个电影，或者出门跟刘宇这帮朋友聊聊天，生活简直太完美了。

租的房子到期后，张成选了St Catherine和Du Fort交叉路口的2250高层。这个公寓是downtown非常好的高层公寓，张成选的是32层顶层的空房，一室一厅，空间很大，房间朝北，可以看到皇家山的全景。张成觉得太棒了，而且出门过个马路就是小翠的学校，非常方便，对面有Provigo超市，不远处是华人喜欢光顾的PA超市。

小翠干活是一把好手，她把卧室布置得干净整洁，把张成的单人床改造了一下，用灰色大布把床垫包裹起来，然后用好多毛绒玩具做填充物，做成了一个大圆柱子靠背。张成睡了多年的宜家单人床被她改成了沙发，张成太震惊了，感叹媳妇儿真是心灵手巧。

搬了新家，乔迁之喜，张成请朋友们来家里吃个饭，亲自下厨做了水煮鱼、回锅肉、椒盐虾、糖醋排骨，还有自家的蒸肉。蒸肉是姥姥常做给张成的，葱要多，还有就是王守义调料。蒸肉得到了朋友最多的赞赏，特别是梁思桐，得到他的最高点评是不容易的。作为超级富二代的他，早已经吃遍了海内外的山珍海味，平时他不会赞扬谁，这次，他竟然夸蒸肉可以拿到餐馆里卖了。梁思桐的老婆Mini在南岸实在无聊，在康大注册了一下会计专业，要做回大学生。她下了课也跟着梁思桐来了张成家，对张成做的菜，赞不绝口。

7月，张成和小翠出发去纽约买戒指。小翠之前没有去过美国。张成虽然去过很多次，但这次不像以前，以前自己开车说走就走了，这次是两个人，东西带的很齐。张成还是有些担心，怕美国海关再把自己拦下，毕竟之前的那次经历太难忘，坐在警车里的滋味终生难忘。

张成和小翠起了个大早，6点就出发了。到了边境，依旧被叫进了屋里。张成很紧张，但是该带的文件都带了，他也一五一十把这次去买戒指的事儿跟警察说了。警察这次终于放行了！小翠是第一次去美国，有些激动。他俩先在美国小镇吃了个汉堡王，附近也没有别的饭店，然后一路向南，沿着87号公路行驶。但是万万没想到，前方突然冒出一辆警车，吓了他一跳，张成往右一打轮，躲他一下。张成以为它要追前面那辆疑似超速的车呢，在美国有一个不成文的规定，如果几辆车同时前进并且有超速嫌疑的话，警车要追头车，后面的车没有责任。张成没想到，警车居然跟在了自己的车后面，闪起了警灯。

36

张成确定警车是跟着他的，于是缓缓地把车停在路边。电影电视里都演过，当美国警察过来查你的时候，你要把双手放在方向盘上，千万别下车，老外警察可怕死，他会以为你要下车袭警，他们可真开枪，才不管你是不是老百姓。警察让你拿驾照的时候，你动作也要缓慢，因为如果警察认为你是在拿武器，那你就完了，容易被警察射杀。查张成的是位年轻警官，白人，还挺清秀。

“驾照和行驶执照拿出来。”

张成慢慢递给他，张成的驾照是中国驾照，警察看不懂，但是也看了半天，估计是第一次看到中国的驾照，仔细地端详。

“我看不懂啊，你这是中文的。”

张成说下面那张纸是翻译，张成花了25元在路比华讯办的翻译。警察看了一会儿。

“你知道你怎么了吗？”

“不知道啊。”

“你超速了。”

张成心里大骂，放屁，我是跟着前面那辆车的速度开的，大家都是这个速度，你测的肯定是他的速度，然后你来抓我。虽然心里这么想，嘴上却说："好吧。"

小警察开了张罚单，100多美金。张成想了想，也是，月末了，警察也在"大干"，不然开不出工资了。张成的车显得有钱一些，不逮他逮谁。但是他也有应对的方法，就是不交钱。后来美国那边一个小镇的法院给张成开了张传唤单，张成就是没理，最后也不了了之，因为他知道美国和加拿大信息是不互换的，所以没事儿。张成之后去美国也没事，因为这种小事儿是进不了移民局系统的。

张成和小翠先在Woodbury奥特莱斯附近住了一晚上，他晚上带小翠吃西餐。餐厅里的装潢都是胡桃木的，还有墨西哥乐队唱拉丁歌曲，加上小蜡烛和BBQ ribs。两人这晚过得很浪漫。小翠穿着sixty的牛仔裤，小高跟鞋，上面穿着纱制的彩色衣服，有点小露脐，头发一盘，很漂亮。

第二天一早，张成开车直奔曼哈顿第五大道的卡地亚店。环境真是高大上。销售经理是位白人女性，小翠已经电话预约过，店里已经帮他们准备好了，二人试戴了一下，挺合适，于是要求结账。

这戒指是一对信物，应该互相付款买给对方。但是小翠根本没表示要付款的意愿，张成只好自己付了，他掏出了以前付学费的中国银行信用卡，这个卡付钱的话，就得张成母亲在国内还款了。总共3100美金。女经理刷卡，两次都没刷出来，因为他的消费地点从加拿大变化到美国，中国银行可能觉得有异常，所以需要持卡人给中国银行打电话确认才可以。那换卡吧，张成的TD银行信用卡单日划卡的最高限额是2000，他就让小翠把剩下的1100用她的信用卡给划了。这时，张成并没有注意到小翠面部表情的变化。出了店门，没想到小翠当场翻脸，冲张成吵道："你是不是故意的！"转身径直离开。

张成被这突如其来的一吓镇住了，站在原地愣了，然后在后面跟着她，这是美国啊，小翠人生地不熟的。小翠觉得张成的卡刷不出来是故意为之，又觉得在销售经理面前刷不出卡没有面子，又觉得这个钱就应该张成出，因为他俩划完的卡，是二人的公共账户里的钱还。但是张成根本想不出这些逻辑。他被当街甩脸，自己也很委屈，各个种族的人从张成面前走过。白人，黑人，拉丁人，阿拉伯人。张成想哭，但是不想让这么多人看到，他想找个犄角旮旯胡同什么的地方哭，但这是曼哈顿，高楼连着高楼，根本没有地方让你躲藏，张成当着各民族人民的面，在纽约第五大道上哭了。川流不息的人们纷纷看着张成，一定在想：这大白天的，这个小亚裔怎么啦？张成没办法，怕小翠走丢，只能跟着小翠一直走到海边，阳光打在海面上，自由女神像就在对面。小翠走累了，坐在花坛边，张成不敢靠近，隔着五米坐了下来。

37

烈日当头，纽约七月的阳光可真不是盖的，张成看小翠的脸色已经不像刚刚那样狰狞，又看她弯腰摸脚，就知道小翠脚痛了。可不是嘛，穿高跟鞋走这么远，能不疼吗？张成一看机会来了，马上凑上前半蹲下来：“快，我给你揉揉。”小翠嘟着嘴，算是原谅他了。

次日，二人回程，好好逛了一下Woodbury奥特莱斯。小翠买了几件衣服和一个黑色Prada挎包，才400 dollars，张成倒是淘到了一件Armani的立领衬衫，100多美金，还有一双Dior皮鞋，也超值。

二人消费完已经是下午3点多，开始往回赶。晚上9点多赶到边境。张成在休息站把商品的包装和标签全都扔了，如果跟边境警察说有购物的话，可能被检查。补税的话，价格可不菲。但是卡地亚戒指的包装盒是真心舍不得扔。于是张成把戒指藏到了驾驶座位后面的小暗箱里，一般的车是没有这个暗箱的。

前面的5辆车连同张成的车被拦到了路边，像是要临检。加拿大警方拿激光扫描车把每个车从前到后扫一遍，扫描车里坐着一个人看着电脑。张成顿时脑袋冒汗，千年一遇，怎么这么倒霉，张成唯一的担心就是戒指被扫出来，这得补多少税啊。小翠也被吓得说不出话来，一个劲地祈祷。张成叮嘱小翠："如果问你买什么了，你一定要说什么都没买，一定要咬住。"

终于轮到张成了，黑箱车先是从前往后扫了一遍，然后又从后往前扫了一遍，张成感觉时间都静止了。警察示意张成摇下车窗，问张成："车上有武器和毒品吗?"张成说："没有。"警察说："You can go now. "张成屏住呼吸，开离了50米之后大大深呼一口气："谢天谢地。"

小西从国内回来了，知道张成和小翠要结婚，把小翠"臭骂"一顿："张成不是你介绍给我的吗？你怎么自己跟他好了。"女人发泄完一通之后也就没事儿了，不记仇，只是一个恨嫁女的牢骚而已。

黎冬青在经历了六年的大学苦战之后，终于把大学读完了，几乎是他们这拨儿人里最慢的。他毕业典礼那天，张成招呼小翠、千惠，还有小西，给他助威呐喊。黎冬青请大家去老港著名的KEG餐馆吃牛扒喝红酒。

婚礼将至，张成和小翠逛了几家婚纱店，款式都不怎么样，还非常贵，合人民币都得1万多了。所以两人决定先买件礼服。St-Catherine上有家BCBG，这家店还上过中国的媒体，前些年滑冰运动员杨杨来蒙城的时候，就是在这家店买的礼服。小翠看中了两件，一件是绸缎紧身长裙，还有一件像大长今穿的白色蓬蓬裙，张成更喜欢紧身那件，看到有打折就先买下了。小翠一直纠结另一件，张成干脆也买下了。

38

张成知道Holt Renfrew每到初夏的时候，高级西服都会降价，于是就跟小翠去了，销售是位加拿大老头，非常绅士，穿着十分得体。张成说想选个Boss黑色西装，要打折的，他给张成推荐的是杰尼亚的一套西装。张成穿上试了下，效果很不错，价格更不错，对折，只要500加元，张成毫不犹疑地买了这套衣服。

婚期将近，张成和小翠得选婚宴的饭店，张成算了一下，两人大概有20个朋友会来喝喜酒，也就是两桌，就想找个粤菜馆，最好能自己带酒，张成的朋友里能喝的比较多。他俩先去了唐人街的红宝石，红宝石当时是唐人街最大的餐馆，承接好多本地广东华侨的婚宴和团体活动。张成去了，没人理他，经理很傲气，瞧不上定两桌的张成，自己带酒就更别想了，还跟张成说8月8日那天有三个喜宴，张成被安排得桌位比较偏。张成觉得欺负人，就不考虑了。位于中山公园拐角的福满楼餐馆的老板人很和善，给张成开出了345刀一桌的价格，鸡鸭鱼肉龙虾海鲜全齐了，而且酒水可自带。最好的是这两桌位于餐馆最里侧的半跃层上面，墙上还有一个大大的“囍”字，张成便定下了，给朋友们写好请柬，万事俱备，只欠东风。

8月8日当天一早，张成先去附近的韩国店理了发，理发师傅是个韩国中年女性，对张成这自然鬈发得心应手，然后她帮小翠做发型，她把小翠的头发吹直，然后修了一下，前面的发梢微微向内弯曲，头发显得乌黑而富有光泽。

婚礼仪式将在上午11点在法院进行。

十点多的时候，他们来到位于唐人街和老港之间的法院，朋友们陆陆续续地来了，比来吃喜宴的人还多，经张成的要求，男士都穿上了西装或者礼服。刘宇甚是夸张，穿的黑礼服特别抢眼，梁思桐穿得细纹西服一眼就能看出是高档货。女性们也相继到场，都穿了礼服。黎冬青是穿了西服，但是居然穿了双白色阿迪鞋，被张成责令回家换了皮鞋。

婚礼宣誓的场地位于法院三层的一个礼仪厅，张成看了门口的list，一上午要有五对新人。有一个现象能说明加拿大是分community的，张成前面的一对新人是白人，所以亲友团是清一色的白人，张成的亲友团是清一色中国人，张成后面的印度新人，清一色的是印度亲友团。所以加拿大不是个大熔炉，你是什么族裔的人，就在什么族裔里混，这就叫多元。所以国人有种说法叫什么出国融入主流阶层，谁是主流？在加拿大，白种人也许是主流，一身黄皮肤就算说得一口流利英文，就算进了白人圈，也不一定好受。所以你把自己的圈当成主流圈，那你也就是主流了。这是个心态问题。

前面的婚礼延迟了10分钟才出来。张成亲友团步入会场，张成发现小明和他女友谭雅还没到，就赶快打电话，他俩前两天去多伦多看球去了，因为皇马来访问，昨晚才回来。为了参加张成婚礼，小明今天早上去Holt Renfrew买礼服，居然还是Dior的，又一个来抢风头的。亲友团都到了之后，张成跟法官说可以开始了。

张成和小翠走到法官面前，张成回头望一下来的朋友都在注视着他们俩。女法官不停地嘟囔着，她说的什么张成已经完全听不见了，只看到她的嘴唇在动。到了宣誓环节，女法官用英文说："现在，请跟着我说。"还在恍惚的张成学着法官："现在请跟着我说……"台下一阵哄笑。宣誓完，就要签字，他俩签完，证婚人签，张成找梁思桐夫妇为他俩做证婚人，因为他最年长，而且当年张成去杭州帮他做过伴郎。梁思桐夫妇签了字。张成和小翠得交换戒指，千惠把戒指拿过来，他俩相互戴上。法官说："Now I pronounce you husband and wife，let the groom kiss his bride. "张成指挥黎冬青放Music。张成和小翠深情地看着对方的眼睛，跳起舞来，一边跳一边转圈，张成觉得这房间在转，朋友们拿着相机也在转，聚光灯在转。张成好眩晕。他亲吻了小翠，然后拉着小翠走出了法院，女生朋友们都在笑话张成刚刚的眩晕，直到呼吸到室外的第一口新鲜空气，张成才清醒过来。大家要一起合影留念，张成和小翠站在中间，男女一字排开，有两排。帅哥美女们青春正好。小翠拿着手捧花，那是她这辈子最美的时刻。

下午，大家陆续来到唐人街的婚宴餐馆。朋友们入座，上菜，备好蛋糕，上齐酒。酒是真不少，二十瓶红酒，一瓶洋酒，两瓶五粮液，还有一箱啤酒垫底。张成起身举杯："欢迎各位好朋友今天来参加我和小翠的婚礼。大家举杯。"有人喊"干了"。张成说："好，第一杯，我自己干了，大家随意。"咕咚一杯下去，大家开吃。李笑笑是张成的老朋友，五粮液是他回国后带来的，五粮液在国外是不能邮寄过去的，需要收税，如果邮寄，属于走私，所以只能人工带。

张成没想到刘宇这时站了起来，举起杯子吸引了两桌的注意力："今天张兄大婚，我十分开心，我祝张兄和小翠在未来的日子里，互敬互爱，而且要相互容忍，特别是张兄，记住，有时候，退一步海阔天空，这杯，我干了。”大家都给他鼓掌，张成一看刘宇都这么说了，不愧是先结婚的人，自己也干了吧，又喝了一杯红酒。刘宇平时喝酒就是抿抿，特别磨叽，张成没想到他喝了这杯之后居然没有坐下，走到另外一桌，说：“我代表张兄那桌的过来敬大家一杯。”

“哎哟，你一个人敬我们一桌可不行，黎冬青上。”有朋友怂恿。

黎冬青旁边坐着千惠，自然万丈豪情，给刘宇和自己都满上了，两人干了。刘宇喝完被那一桌拉住不放了。张成赶快起身把刘宇拉了回来，张成对那次刘宇吐大圈的事儿还心有余悸，这次可得搂着点儿。就这样，喜宴变酒局，大家相互敬酒，喝了起来，喝得昏天黑地。南方，特别是上海广东的朋友，哪儿见到过这架势，纷纷招架不住，张成报税时的助手Andy平时斯斯文文的，喝了酒竟然叫嚷起来，大喊着：“喝酒跟我比，我不服！”小翠也喊着不服。李笑笑最喜欢的就是喝酒跟他较劲的，他一边拍着桌子，一遍用京腔逐字喊道：“我专治各种不服！”张成自然很快就喝晕菜了，他迷迷糊糊看见千惠走到自己身边，她搂着张成的胳膊细声细气地说：“姐夫，咱俩喝一个。”张成看看小翠还在另一头跟李笑笑喝呢。张成知道千惠在勾引他，但是张成是新郎啊，可不能做出格的事，于是对千惠说：“你很漂亮，别跟我闹了，去找刘宇他们玩去。”长长的6个小时，大家气氛高涨，把卫生间的马桶和水池都吐堵了。

张成从下午4点就坐在他的位置上，看着台下的食客来一批走一批，张成结婚这天是星期六，唐人街很是热闹，窗外的中山广场人流攒动，一直到10点多，台下的食客才全离开。他们也该散场了，张成喝了那么多，肯定开不了车，只好坐梁思桐的车走，他的记忆只停留在他到家楼下，再一睁眼已经是第二天早上了。李笑笑尽管喝了很多，但是自己开车回的家，酒量是真的可以。李笑笑还说他开着车在Verdun区绕了好几圈才找到家。黎冬青更有意思，他早上醒来发现千惠睡在自己的床上。

张成很是惊叹："你跟她睡了？"

"没有，没有，我想跟你要她的电话号码。"

"你都跟人家睡一起了，还装模作样跟我这儿要号码！"

"没，她跟我的车离开的饭店，但是不知道怎么回事儿就来我家睡了，我可什么都没干。"

张成知道黎冬青没这个胆，他这是拿他打趣呢。

39

加拿大的婚礼结束后，张成和小翠去多伦多度蜜月。两人在大瀑布的希尔顿住了一晚，在新赌场里的自助餐吃了一顿，比张成想象得差多了，还没有中餐馆自助餐做得好呢。小翠爱照相，张成便成了她的专门摄影师，到哪都得拍照。她只要一转身，张成就知道又得照相了。从瀑布回到多伦多，他们又去High Way 7附近的一家越南餐厅吃饭，招牌菜是咖喱蟹，那是张成吃过的比较难忘的美食。

从多伦多回到蒙特利尔后，两人的生活回归平常。但是张成发现他和小翠总是时不时地吵架，可能是两个人在一起的时间太长了。距离回国办婚礼还有两个多月，这段时间不能荒废。朋友李笑笑说他在南岸的小肥羊的后厨做大佬，问张成要不要去打工。张成觉得可以，这样既能学学饭店经营，又能减少和小翠在一起的时间，避免吵架。

张成去南岸小肥羊做传菜的，就是从后厨把食物端到前厅的自选台上。加拿大的小肥羊是自助餐，晚餐差不多30加元一位。张成负责把20多种菜搬到前台，把饮料灌入饮料机里，一共有五种饮料，二种是可口可乐公司的可乐、雪碧，还有三种是特地为中国人弄的豆浆、冰水茶和橘子水。中国人特别爱喝豆浆，但张成告诉朋友千万别喝小肥羊的豆浆，因为他的一项工作就是往豆浆里兑水，一桶豆浆张成得兑成三桶，然后还得往里放糖，用大勺搅一搅。

张成在小肥羊里干了几天就搞清了饭店里的人事关系。蒙特利尔一共有两家小肥羊，唐人街那家是先开的，南岸这家是后开的。老板原先也是留学来加拿大的，内蒙古人，后来回国找到了小肥羊国内的集团老总，把小肥羊引入加拿大。老板有个小弟，叫小海，也不知道李笑笑在哪跟小海喝过几顿酒就开始称兄道弟，于是李笑笑就来了南岸店的后厨做大佬。后厨是李笑笑说了算，前厅是店长和经理说了算，店长叫Ellen，河南人，长得一般，但是身材不错，年龄与张成相仿。她的移民身份是跟一个温哥华60岁香港老头宝叔结婚而得到的，宝叔没事儿的时候会来后厨跟大家聊天，他人很开朗，胖胖的，短发已经白了，说普通话带着香港口音，有点像《射雕英雄传》里的老顽童，他有时候会到隔壁金发超市买只大鸭子，让后厨的南京师傅做盐水鸭给大家吃。

前面的两个服务员，一个是十几岁就来这边读中学的小强，另一个是留学生，来了也没读书，一直在混。小强小眼睛，人挺帅，胆子也大，宝叔不在的时候，小强会调戏Ellen，有一次在后厨的过道里，Ellen一扭一扭过来监察工作，小强趁机拍了一下Ellen屁股，这一幕正好被张成撞见，Ellen涨红了脸走开。不过从她的表情看来，她还挺enjoy。由于张成是李笑笑的朋友，Ellen也得敬张成几分。前面的经理叫胖哥，原来是在多伦多混的，后来多伦多的日餐自助品牌强势入驻蒙城，他也跟着过来做经理，再后来，他们饭店人事出现矛盾，就来到了小肥羊。胖哥个子有一米九，脸胖肚子胖，说话阴阳怪气，特别爱买新衣服，喜欢穿紧身牛仔裤，但是他穿低腰牛仔裤会露股沟，一个男的，总露半个屁股，很让人反感。

前台收银员是个安徽女人，很喜欢传话，谁说过谁不好，她都会告诉下家，在张成眼里她真是没什么优点，唯一的优点就是做的酸辣土豆丝很好吃。后厨基本都是国内移民过来的中年技术移民，到了加拿大基本找不到专业工作，所以来小肥羊做工，有好多只从外表上看就是国内的知识分子，特别是洗菜工李叔，一看就是个大学教师形象，圆框眼镜，头发有些秃顶，个子不高，白衬衫，运动鞋，面容和蔼，但是他干的洗菜是最累的活儿，每天手都泡在水里10个小时。自从来这打工之后，张成对李笑笑的看法变了，从几年前第一次跟李笑笑在北京工体玩，到后来在加拿大酒吧拼酒，张成一直认为他是个纨绔子弟，红三代，不缺钱，一天天寻欢作乐。但张成真没想到，他居然能一天在后厨熬汤配料12小时，而且连干半个月没休息。张成本以为他什么都干不了呢，没想到这么能干，这么能吃苦。

李笑笑把他媳妇儿从北京带到蒙城有两个多月了，天天没事儿找事儿干架，李笑笑一天干活12小时，回家还给她做饭，四菜一汤，她还不满意。李笑笑气得把桌子都掀了。李笑笑这个媳妇儿，张成好几年前在后海见过，挺淳朴一姑娘。她爸爸是李笑笑高中时的年级组长，在他们那个重点中学还挺有势力的，毕竟是中山公园旁边的中学。后来李笑笑跟他爸投资移民来到加拿大，他爸在加拿大不习惯，就回国了，把他扔在这儿。李笑笑交过好多女朋友，国内的小艺人小明星也交过不少，但是始终对他的初恋心有所属，所以最后把她办了过来，但是没想到两个人真正住到一起的时候，出了大问题。李笑笑现在已经开始不回家了，他是真的不开心。她媳妇开始打电话给张成问他的行踪，张成只好说不知道。李笑笑试着回过几次家，但还是会吵架。后来，李笑笑白天打工，晚上就跟一帮朋友去KTV。蒙特利尔是个留学之都，每年都会有大量的留学生来到这里。他在KTV里认识了一个女孩叫乔雨，是个富二代，彼此都有好感，一次喝多了酒，两人出去飙车。乔雨开着辆Mini Cooper，居然撞到路旁马路牙子上，车轱辘都飞了。李笑笑以为女生遇到这种情况，一定花容失色，但是没想到，乔雨居然坐在驾驶室里哈哈大笑。这种与众不同的特质，深深吸引了李笑笑，没过多久，两人就在一起了。

小肥羊整体还是不错的，就是老板对汤底的要求比较苛刻。经常要小海过来指导调汤，老板嫌汤煮得不够白，所以李笑笑又重新进了一批鸡骨架，专门用来煮一锅汤，而且时间要够久，汤才会白。张成看了一下，小肥羊的调料都是从国内的食品配送中心发过来的，所以味道还是很有保证。羊肉是新西兰进口羊肉，张成算了一下，好像很便宜。冰冻成圆柱形的羊肉用国内运过来的切片机可以切出很薄的羊肉片，就靠这羊肉的薄度，小肥羊一统蒙城火锅市场。

黎冬青回了趟国，感触很大，上海一片欣欣向荣，他也准备回去了，还劝张成回去。张成其实早就心动了，但是现在有了小翠，不能说走就走。梁思桐也毕业了，他爸把蒙城的房子卖了，给他和mini在温哥华买了套公寓，他们也要到温哥华生活了。旧友的相继离去给张成带来了情绪上的失落，但是还好有刘宇这样的死党在，他还是要和蒙城死磕到底的。

40

时间过得很快，12月中下旬，张成和小翠就要回国办婚礼了。张成跟李笑笑辞职，不干了，回国结婚。这次回家不同以往，多少应该给亲友带些礼品。加拿大没什么特产，除了枫糖，还真找不出什么，只好买了些枫糖、熏肉和熏三文鱼。他俩准备好四个行李箱，准备回国，因为有大行李，梁思桐特地从南岸开着Q7过来送他们。他俩订的是蒙城飞多伦多，多伦多飞北京，北京转机到沈阳的航程。

张成距离上一次回国已经有整整两年了，飞机降落在北京国际机场，张成是第一次来到T3航站楼，他没想到T3居然是如此气派，有一种自己已经被时代抛弃的感觉。他们买的机票不是联程的，所以4个大行李箱得从T3拿出来，再拖到T2航站楼。还好张成邻居姐姐的男朋友是负责机场领导接待的，安排了个车帮他们从T3拉到T2，还把他们俩安排到T2的领导贵宾休息室。张成一进去，还真是吓了一跳，这里有好多个包房，地毯厚厚软软的，张成拖着四个大行李箱，有一种农民进城的感觉。

休息室，真可以用金碧辉煌来形容，铂金的墙面，欧式的吊灯，让张成眩晕。每个休息室都配有一个女服务员，都是20多岁的姑娘，每位都比空姐还漂亮，清一色的马尾加旗袍，举止优雅，显然是经过严格选拔和训练的。

张成感觉鼻子里好像有稀稀的鼻涕流到了上嘴唇边，用手一摸，流鼻血了，张成赶快捂住鼻子，生怕鼻血滴到地毯上，三步并作两步，走进了贵宾室的洗手间，迅速用凉水冲洗鼻子，但是血还是一个劲儿地流，丝毫没有止住的迹象。也许是北京天气太干燥了，也许是与这贵宾室水土不服，他用卫生纸堵住鼻子，并把洗手台上的血渍都擦干净，免得被高端服务员笑话。张成和小翠在那儿待了一个小时，实在不适应有人站在一旁给你服务，于是带小翠去了候机大厅，还是那儿比较舒服。存了行李后，他和小翠吃了碗面，终于等到晚上9点北京飞沈阳的航班。

飞机上人还挺多，乘务员的东北口音让张成感到十分亲切，飞机上的《沈阳晚报》的头条是“妇联领导寒冬送温暖，到访低保户”，这种新闻一下就把张成带回了东北。一小时后，飞机降落在沈阳桃仙机场。走出候机厅，张成远远就看见表哥和父母在出口处等着，他们向张成挥手，见到了自己的儿媳妇，爸妈很高兴。母亲为了这次婚礼，特意把卧室重新装修成欧式风格，白色的床头衬在淡黄色的壁纸中显得格外温馨。回家后的张成和小翠实在太困了，倒头就睡了。

41

早上起来，已经9点了，如果第一天就起太晚的话，张成怕小翠会给父母留下个懒媳妇儿的第一印象，所以赶快叫她起床。母亲已经把早饭做好了。一家四口终于吃了第一顿饭。气氛和谐愉悦，小翠嘴甜，反应快，会说话，哄得爸妈很开心。

小翠的一颗门牙有些歪，所以以前照相的时候总是抿嘴笑，母亲发现了，说她有个朋友的侄女是开牙院的，可以帮着看看，于是便带着张成和小翠去了。张成得补牙，有几个窟窿。他们一般都不在加拿大修牙，太贵了，有那个钱还不如回趟国呢。小翠得做个烤瓷，不过做烤瓷牙需要些时间，婚礼后才可以做好。小翠就先戴着一颗假牙。张成看看，也还不错。他们在朋友开的摄影棚照了婚纱艺术照，效果很好。在家待了三天后，一家人就启程去小翠家了。

小翠父母把大连市中心的一套公寓租给了一家韩国人，又在离市区很远的旅顺买了一套房子，房价比大连城内便宜的不是一点点，而且空气新鲜，适合养老。张成第一次见到小翠的父亲，他很高大，年轻时穿白色海军服肯定很帅气，说话也蛮和蔼。小翠的父亲做饭也是能手，把鱼虾做得都十分可口，受到了张成父母的夸奖。小翠的母亲性格很温婉，与小翠的火爆脾气很是不同，说起话来慢条斯理。饭后，张成父亲把婚礼的事宜跟小翠父母敲定了一下，这就算大功告成了。小翠爸妈带着张成和小翠去大连市老干部疗养院看望了小翠的姥姥之后，一行人就又从大连回了抚顺。

离婚礼日期没几天了。妈妈通过朋友找到了抚顺电视台的一位主持人为他们的婚礼主持。张成通过发小了解，这个人是抚顺市婚礼主持的头牌。他俩得去跟人家见个面，商讨一下风格和流程。主持人是个30多岁的成熟男人，眉宇间吐露着自信，想必这几年顺风顺水。张成跟他问了好，握了手，充分交流后基本就没什么问题了。

婚礼的前两天，家里一直人来人往，好多亲戚朋友都来帮忙。张成也不懂为什么婚礼会有那么多环节和讲究。由于两地的风俗还稍有不同，所以中间还会有商量的环节。主要的风俗还是差不多的，比如给父母敬茶，然后改口称对方父母为自己的“爸爸”“妈妈”，剩下的什么“踩火盆”“藏大枣”之类的还真得有个向导帮着弄，不然双方的礼仪容易造成误会，其实自己家人也不会太在意什么，但是总会有个七大姑八大姨出来说什么弄错了，不吉利。

婚礼前一天，娘家人一行30多人到达抚顺，父亲给安排了位于市委附近的煤都宾馆。这是一家有好几十年历史的官方宾馆，由几组3层建筑组合而成，外面有苍天古松树围绕，12月末正值东北最冷的季节，外面下了大雪，雪挂在松树上与中式建筑构成雄伟的北国风光。不过娘家亲戚有挑剔的：“为什么不安排到闹市区的新宾馆?”还有嫌宾馆暖气不足的。

其实在辽宁省内，大连人的优越感是最强的。20世纪90年代是大连市发展的黄金期，那时候大连有全国知名的服装节和啤酒节，大连万达足球队也在那个时代连年称霸甲A足球联赛。大连的城市建设在全国都很有名气，大连的女警和星海广场是中国媒体的宠儿。那时候人们称大连是北方的香港。

所以在省内，大连市的风头一度盖过了省会沈阳。大连人家如果有女儿嫁到沈阳，都会有一种下嫁的感觉。小翠的婚姻用他们亲戚的看法不仅是下嫁了，甚至是流放。小翠的父母可不这样认为，他们只希望小翠能过得幸福。

结婚那天一大早，张成先把小翠送到煤都宾馆，她的小伙伴们要给她打扮一下。张成回了家，他的同学朋友也相继来找他。除了本地的亲戚，张成北京小姑一家三口也到达了，不断有亲戚朋友到达。张成的小姑夫是个制片人，喜欢演讲，在张成的屋子里给张成同学们讲故事，从国家政策到明星八卦。张成准备下午去接新娘，并且组织好晚上的新郎感言，张成从百度上抄录了一段，在客厅练练，张成妈妈听到张成说的感谢母亲的那段，居然还偷偷抹了眼泪。下午，接新娘的车队都已集结。张成的同学朋友也一起来负责放鞭炮。张成在上海工作的表弟当伴郎。晚上婚宴不用找人帮张成顶酒，因为敬酒是喝水，东北人基本都比较能喝，如果真喝酒会喝死的。

张成带着表弟和摄影师来到新娘的房门口敲门，新娘的姐妹也没有太难为张成就开了门，但是屋子里有七八个女的，操着大连口音，这阵势也惊呆了张成。基本上他们说什么张成照做就好了，又是单膝跪地，又是找红鞋的，搞得张成有些头晕，最后闹完，到岳父岳母的房间喊爸妈，拿了一个红包，然后张成就抱着新娘出宾馆，据说不可以落地，不然不吉利，多亏小翠还算瘦，这如果是个胖子新娘，张成真无法保证一直从宾馆抱到婚车上不落地。

婚车到达婚宴现场的时候，天已经蒙蒙黑了。亲友们已经入场，张成的朋友同学也都来了。张成觉得真是忙晕了，好多认识的人连打个招呼的时间都没有，张成一直示意他们自己招待好自己。

婚礼开始，岳父拉着小翠从另一端缓缓走入场内，隆重的音乐响起，聚光灯打在他们的身上。岳父把小翠的手交给张成，张成拉着小翠回到了台上。在忙乱中，双方父亲讲话，张成和小翠互换戒指，喝交杯酒，流程终于走完了。台下双方的母亲都热泪盈眶。典礼结束，新娘换服装，然后挨个桌敬酒。最后大家照相留影，一整天下来，把大家都累坏了。婚礼就这么闹哄哄地结束了。

42

北方有个习俗，婚后的第三天要回门，也就是回娘家。岳父岳母要在第五天摆酒招待没有去张成家参加婚礼的亲戚朋友。回门宴那天，岳父摆的几桌还真是上档次，饭店是在海边，听名字就知道是吃海鲜的地方，叫深海渔港。宴会厅装潢也很好，张成特别喜欢那儿的地毯，特别厚。前来的宾客都纷纷表示祝福。小翠的哥哥姐姐弟弟妹妹也都对张成很好。只是小翠二大爷的孩子现在很得势，在一个银行当支行行长，而且有自己的家具厂，他们婚宴时，他没有去，这次他来了，穿了个皮夹克，夹了个小包。张成主动握手，这人并没有伸手，而是轻蔑地看着张成，过了好几秒才伸出手用力地握了一下。张成当时感觉这人怪怪的，但不能计较。岳父点的菜都很好吃，张成吃肉吃习惯了，冷不丁吃顿海鲜还真觉得不错。张成的父母也受到了礼遇，岳父找亲戚借了辆奔驰去宾馆接的张成父母。父母参加完回门宴就回家了，张成留在小翠家住十天。这一住不得了，张成是大开眼界了。某天吃饭，岳母只是不经意说了小翠一句，小翠就跟机关枪似的给岳母一通数落，岳母也不敢回嘴，岳父居然也一声不吭，看来这一家都害怕小翠。张成知道这时出声肯定会被小翠一通骂，但是张成主要是想讨好一下岳母于是故作严肃："你怎么跟咱妈讲话呢，还有大有小吗？"结果张成果然被骂了。张成发现，小翠这坏脾气就是岳父惯出来的，他们四个人打牌，张成跟岳母一拨儿，岳母就总被岳父数落。张成呢，经常被小翠骂。但是在人家，张成觉得低头做人就得了。他们住的旅顺，只有一个大型的购物中心和新华书店，别的没什么。那几天基本就是醒了吃饭，然后打牌，连咖啡厅都没有。

终于，张成熬过了无聊的十天，可以回家了。岳父给带了些海鲜。他们俩回家后没过几日就去了北京看张成的爷爷奶奶，他们还没见过这个孙媳妇呢。爷爷奶奶见到孙媳妇儿不仅仅是高兴。爷爷是林业专家，还是林学院院长，所以对子女要求很严厉，在家也基本是一言堂，谁不听他的都不行。张成算是家里比较随和的孩子，从来也不跟爷爷顶嘴，不管谁对谁错，基本都一笑而过。张成那几个表哥表姐倒是从小就跟爷爷对抗，哪里有压迫，哪里就有反抗。这次小翠来，爷爷很重视，当天晚上就逮住小翠长谈，把小翠的家庭情况问了个遍。小翠的姥爷已经去世几年了，小翠跟她姥爷的感情最好，就像张成跟他姥姥一样。张成也不知道俩人是怎么聊的，小翠竟然认为爷爷瞧不起她姥爷。爷爷都八十多岁了，怎么会那样做呢，张成知道爷爷虽然在家里严厉，大家都烦他，但是在林业部，他还是很有口碑的，很正直的，所以就不搭理小翠。

次日上午，张成打算带小翠去世贸天阶玩玩。一月的北京还是挺冷的，主要是刮着风。和所有游客一样，她得在世贸天阶这四个大字前面照张相片，张成于是咔嚓咔嚓给她照了几张。世贸天阶的四层安全路口里有个IC卡电话，小翠弄了张IC卡给她妈打电话。张成在一旁听着。一开始还好，后来她就开始说张成爷爷家的情况，说着说着就开始抱怨起来，居然说张成爷爷讽刺她姥爷。张成一听，气炸了，心想：我爷爷怎么就讽刺你姥爷了？你姥爷都过世了，我爷爷干吗讽刺你姥爷啊？你这不是挑拨两家人关系吗？张成忍着没发作，但是小翠却越说越快，越说越激烈，最后居然大喊："张成爷爷是农民！"张成本来做好忍耐的准备了。但是，她这都侮辱到他家长辈了，张成怒火中烧地强制她挂了电话。

张成从小接受的教育就是对待长辈要尊敬，之前小翠说自己父母不对，张成也不想过多追究，毕竟两个家庭的结合需要一些磨合，出现不同的意见或者摩擦也在所难免，张成就当小翠不懂事，他忍了。但是张成无法容忍小翠当着他的面儿侮辱他爷爷。于是冲着她大喊："你有病吧！"

她不甘示弱："你有病吧！"

"你凭什么那么说我爷！"

"谁让你爷说我姥爷啦！"

"我爷是那个意思吗？"

他俩在走廊里骂的声音很大，很多人都朝这儿观望。张成缓了缓情绪，过去拉了她一下手。她手一甩，喊道："别碰我！"然后走回商场，坐电梯往下走。这让张成想起半年前因为戒指在纽约吵架的那一幕，心累的感觉又浮现出来了。

小翠走出商场，向东走去，张成保持50米的距离跟着。天气很冷，张成望着她的背影，真的是又爱又恨。毕竟偌大的北京城，她无依无靠，但张成也不想主动和解。室外天气太冷了，两人走进国贸，进去后有点转向，搞不清东南西北。小翠的情绪来得快，去得也快，张成看到两三家饭店，提议吃午饭，她情绪缓和了一些，表示同意，但没有和好的意思。他俩走进了台北古早味餐厅，挑了个人少的地方坐下，点了三个菜，两人依然没有交流。这家餐厅放的音乐风格是深情的那种，张成听着听着，感觉自己流泪了。

43

三天后，小西请他俩在西单吃饭。小西拿到加拿大国籍后就回北京找了工作，一家外企，一个月6000工资，过得也还凑合。

第四天，朋友秦颂请张成吃饭。秦颂在中央音乐学院本科毕业后，由于人比较实在，做事踏实，被考级办公室的一位领导看中，留校工作。他在学校旁边租了套房子，离鸟巢不远，所以张成和小翠下午先去鸟巢观光照相，等秦颂下班后一起去北辰的一家蒙古烤肉店吃饭。秦颂上初中时就是跟着张成混的，拿张成当最好的哥们儿，这次张成结婚，他也在婚礼上献歌一曲，还是意大利文的。张成觉得太高大上了，给婚礼增色不少。但是由于匆忙，他也没跟小翠说上句话。

秦颂喝了点小酒，就开始跟小翠说张成在初中时是多么厉害，作为足球队长带领他们打败年级无敌手，在班级里的威信是如何之高，有多少女生喜欢张成。张成心想秦颂不愧是在国内工作的，太会做人了。听得小翠也是一愣一愣的。张成觉得小翠在，自己和秦颂说话不方便，就把小翠支到对面商场逛街去了。她一走，张成就开始把这几天的苦水倒给秦颂。秦颂谈恋爱比张成早，他说道："你别以为就你受了委屈，现在这样的太多了。我劝你，你还得忍，这不是你老婆嘛，她不跟你发，她跟谁发啊。"张成想想，还真是这么个理儿。两人喝完白酒又喝了啤酒。小翠回来后，人家都要打烊了。秦颂说着考研的事儿，说“宋祖英将是他研究生同学”时，张成才发现他已经喝多了，帮他叫了辆出租车。张成自己也打辆车回去了。到了家，脱了裤子，突然接到电话：“喂，我们是健翔桥派出所的。你朋友喝多了，躺马路上了，现在在信息科技大学门口的传达室。”

张成叫上小翠，又打车回到北四环。秦颂还躺在传达室里不醒呢，中央音乐学院的保安也来了，因为警察给学校老师也打了电话。张成让保安帮忙叫了辆车，把秦颂送到医院打点滴，主要就是醒酒的点滴和营养液，还挺贵，1000元。下半夜，秦颂醒了。他说：“走吧，回家睡吧。还好，天气这么冷，没在外面冻死。”张成斥责他说：“你可别跟你爸妈说是跟我喝酒躺外面了啊。”秦颂说：“啊，夏天也躺过一次，在小区草坪里，后来是晨练的老头把我叫醒的。”这可把张成乐坏了。

张成在家里待的几天研究发现，国内的人对海参情有独钟，但凡家里条件好一点儿的，都会早上吃个海参什么的，看来国人对保健方面的食品是有需求的。长白山一带有另外一种保健品，叫雪蛤，在东北叫蛤蟆油，对女性皮肤的保养特别好。雪蛤是东北林蛙的卵巢，由于林蛙常年在雪下面冬眠，所以林蛙的卵巢极具营养价值，被广东人追捧。抚顺市东部是长白山余脉，所以盛产雪蛤，张成就买了2万块钱的，准备带回加拿大开发一下市场。

这次回国的结婚之旅终于结束了，张成和小翠踏上了回加拿大的旅程。当回到蒙城的家时，张成倍感轻松，还是两个人的生活更好，尽管时不时也吵架，但毕竟两个人之间的小矛盾很轻松就能解决。这次张成的体会是，牵扯到婆媳关系的矛盾很麻烦，就小翠这脾气，以后最好还是别跟妈住一起啦。

回来之后，张成开始琢磨怎么把雪蛤卖出去。他有两手准备，一是卖干货，价格以克为单位，2加元一克，张成把信息发到网上没两天，就有广东人给他打电话了。张成去唐人街看了，唐人街的食品店里卖的都是广东的货源，也就是广东人从东北进货，再打包，销往世界各地。很显然，他们货的质量跟张成的比起来差太远。第一位买张成干货的是位广东大妈，一下就买了80加元，张成问她广东人怎么吃，她说："煮汤吃。"

唐人街的强记有卖雪蛤甜品的，用一个白色小碗装，红枣莲子雪蛤羹，有凉的，有热的，一份卖5加元呢，张成尝试了一下，里面的雪蛤很少，都能卖这么贵，那自己也可以做成甜品卖呀。

张成买了一些包装盒，又去唐人街买了些莲子和大枣，先试着做一下，看看味道如何。泡发的雪蛤煮出来会有腥味。经过研究，张成在泡发之前，把雪蛤上米粒大小的脂肪粒拨下来，把空隙间的毛细血管剥离掉，就可以去除腥味。雪蛤需要用冷水泡12个小时，莲子也要泡一夜，这样煮出来的莲子就不硬了。张成推出的第一个甜品叫红枣莲子雪蛤羹，原料有1克雪蛤，1个枣，5颗莲子，少许冰糖。刨去张成自己的人工成本，原料成本为1加元，他卖5加元。张成印了个商标，起了个稍显俗气但比较有亲和力的名字：东北山脉雪蛤王，贴在包装盒上。开卖之后效果还不错，张成是在蒙城华人论坛的美食板块卖的，有不少华人打电话过来咨询与购买，跟张成想的一样，绝大多数是女性客户，即便有男性，也是帮老婆买的。产品受欢迎，但做起来有些麻烦，所以没过几天张成就把冰糖这个环节去掉了，换成了白糖。后来张成又推出了一个甜品，叫冰糖木瓜雪蛤。这个简单，买点木瓜切成小块放水里加糖一煮就可以了。两种甜品都很受欢迎。张成就搭配着卖。买五盒他还送一盒。蒙城的美食吧里一时掀起了一股雪蛤旋风。

张成还没上小学的时候，平时都在姥姥家玩，张成姥姥家住的是三层小楼，楼梯是半露天，姥姥家住的是二层，住在三层的老木家有一个与张成同龄的小孩叫木新，他们从幼儿园时就一起在院里玩。后来张成出国后就没了联系。张成回国结婚，还跟朋友打听他来着，想让他来参加，但老木跟着单位出国学习了。于是张成在网上找到了他，他居然就在蒙城，而且很近，张成马上约他第二天喝早茶。

两人好多年没见了，先是来了个热情的拥抱。老木在大学毕业后被分配到了沈飞集团下属的一个研究院，这次沈飞集团与加拿大庞巴迪集团有合作项目，他们是来学习合作的。老木带给张成的是一种国内人的朝气，对什么都感兴趣，张成忽然自己好沉闷。

老木说："你都在这儿待了这么多年了，没泡过洋妞啊？你也太逊了！"张成说："没你想象的那么简单。"张成试图跟他解释，语言、文化、身体上的差别都是无法逾越的鸿沟。但是他说什么对于豪情万丈的老木来说都是多余的。老木说："你看我的！"

老木虽然英文说得磕磕绊绊，但是马上付诸行动。张成家楼下有一个一元店，叫dollarma。就是什么东西都卖1加元，里面的雇员都是老外。有一个收银员是年轻白人女性，老木看人家长得还不错，每天下班后，就去一元店瞎转悠。由于老木英文说得不连贯，他就一直冲着人家傻笑。白人女性一开始很纳闷，但老木脸皮厚，每天都去。一来二去，收银员也算认识老木了。终于有一天，白人女性领会了老木的意图，她对老木说："I am married. "这句话对老木来说简直犹如晴天霹雳，多日的努力付诸东流。他豪气冲天的自信心也损了一半。

老木来了一段时间后，开始催着张成带他去酒吧，他以为去酒吧就能泡到洋妞了，最好再有个艳遇什么的。张成告诉他："不可能的，没有你想的那么容易。”老木显然不相信张成，催了半个月，然后就开始唠叨，说张成不讲究，一点儿也不像东北人。张成实在听不下去了，只好跟小翠请个假，带老木去一下，好让他死了找艳遇的心思。

星期五，下了班的老木已经按捺不住了，8点多就开始催张成，张成说：“别说现在，就是10点，Club也没人，基本要12点之后人才多。”终于等到快11点了，张成带老木去了Cresent街上的light。买了门票，上了二层。果然人还不是很多，尽管电子音乐非常强劲，但是舞池里没多少人，张成买了两瓶啤酒，递给老木一瓶，并瞄了瞄老木的表情，看他情绪不高，心里暗喜：“这回你歇菜了吧。”尽管老木盯着人高马大的白人女子目不转睛，但是他没有办法搭话，英文还没有说溜呢，何况法文呢。还有就是这里有个种族的问题，亚洲男性在北美没那么吃香，去跟白人女性搭话一般情况下遇到的都是冷眼。张成看老木死了心了，他也就大功告成了，提议回去。老木不想走，一个人玩到下午3点，张成不用想都知道他肯定是一无所获。此后很长一段时间，老木可以消停了。

张成的雪蛤甜品做得还不错，但是销量还是没有上去，张成觉得网上散卖做不大，如果有个实体店还是不错的，于是年后开始在街上考察有没有合适的店面，想租一个，做成奶茶店，主打雪蛤产品。看了downtown往外租的店铺，和一些房东聊了聊，张成发现如果开饮品店铺的话，得有卫生局和市政来店面考察，发证，弄起来挺麻烦的，至少要半年，还不一定批。张成于是放弃了奶茶店的想法。考察过程中，他发现有另外一个生意可以做——婚纱。市中心的几家婚纱店都是老外经营的，卖的都特别贵，价格2000加元起，张成发现他们的婚纱都是从中国进货的，成本极低。蒙城的华人还没有进入这个行业，张成很感兴趣。

44

张成回忆了一下去年他和小翠在蒙城买婚纱的经历，老外婚纱店服务态度蛮横，价格高得离谱，导致他们只是在BCBG买了套白色礼服，而国内的婚纱居然是张成妈网购的。张成早就听说苏州虎丘是婚纱买卖的集散地，货源没问题，他想回国一趟，考察一下开婚纱店的可行性，于是先继续一边卖着雪蛤王，一边在街上寻觅门面。

张成在康大Guy街与Sherbrooke街的交汇点偶然发现了一个门面，大玻璃落地窗，绿色的上棚，有个玻璃门，里面空空荡荡，大广告牌子上写着招租，隶属于Monit 地产公司，张成觉得很适合做婚纱店，于是拨通了电话。Monit是蒙城本地相当有实力的一家地产商，downtown很多写字楼与商铺都属于这家公司。张成和负责人约好时间见面。

项目负责人叫弗洛瑞克，是个中年白人男子，他开着他的老式奔驰车来见张成。弗洛瑞克白白胖胖，留着两撇大胡子，一看就知道不是说法文的魁北克人。他一身西装，外面披了件风衣。他发现张成开的是跑车，特地打量了一下张成。张成知道，老外一样都是势利眼，看他开跑车，肯定以为他是有钱人。他俩进了商铺，里面还是很干净整洁的，肉色的地砖，白墙，商铺后面有个储藏室和小洗手间。张成觉得完全可以做婚纱店。

张成主要在意的是房租。他知道，往下走两条街的St Catherine上的饭店房租都很贵，便宜的6000加元一个月，贵的每月要一万多加元。有几个华人餐馆都是因为房租太贵，最后关门了。弗洛瑞克开出的价格是按平方尺算的，换算下来，每个月2000加元，三年合约。张成面无表情地问弗洛瑞克还有没有优惠，弗洛瑞克其实早已准备了预案，给了张成小幅的折扣，说第一年1900加元每月，第二年2000加元每月，第三年2100加元每月。最后，他还拿出了杀手锏，他说张成要租的店铺后面的停车场也是他们公司的，要建一家酒店，非常有名气，华尔道夫饭店，希尔顿线下的豪华酒店，到时候会有全蒙城最大的宴会厅，婚纱店开在这儿，生意一定会好的。

张成上网查了一下，新闻确实说这里要开华尔道夫饭店，心中还有点莫名的兴奋。他跟小翠说了一下自己的计划，然后去把公司注册了，又开了BMO银行账户。

张成签了租赁合同，20多页英文，弗洛瑞克给他一个月免费的装修时间。张成订了4月1日回国的机票，从美国飞上海。知道要分别，小翠才透露出不舍，不像往日那么暴躁了。她的幼教课程上得还蛮紧张的，还去了市中心的一个老外幼儿园实习，小翠干活真是一把好手，幼儿园的管理层希望她毕业后能到他们那里工作。但是这个工作太累，而且干二十年才能拿到江湖上流传的高薪，正常的年轻幼师也都是十几块每小时的薪酬，工作强度还大，老外小孩没有中国小孩那么听话，管理起来很费劲。

张成在阿里巴巴上联系了几家婚纱工厂，有一家沟通得不错，在苏州虎丘。张成买了两本北美春季最新款式婚纱品牌集合的杂志，准备挑选几件当季最流行的款式仿造一下。

回国的日子就在眼前，张成整理好了行李，西装，LV商务包，准备开始自己的又一次商务之旅。他跟父母和岳父岳母打好招呼。他们准备与张成在南方会合。张成这一走要40多天，小翠有些不舍，毕竟两人结婚至今还没有分开这么久过，但是为了未来，这也是没有办法的事。张成拥吻小翠后，走进了海关。

美国海关的安检使用了新的设备激光透视仪，人从透视仪的门里走过去，身上带没带东西，能通过警察的电脑看出来。不过这个仪器也引起了美国老百姓的一番争论，就是太透视了，有侵犯隐私的嫌疑。张成过了仪器，又被叫到办公室，还不是因为那次边境被拒记录影响的。这次是个中年女性警官审他，这位女士特别有美国警匪片里警局女文秘的感觉，戴个圆金边眼镜，白色衬衣，黑色西裙。她看看张成，问张成这次回中国干什么去？张成一五一十地把行程和计划告诉她。她简单地听了听，问张成："带名片了吗？"张成心里一乐："就知道你要来这招儿。"张成前一天晚上还真做好了一打名片。最后她问了一个问题吓了张成一跳，她说："你老婆小翠在幼儿园实习的怎么样啦？"张成嘴上哆哆嗦嗦地说："挺好的，就是有点儿累。"

抵达上海时，上海正刮大风，乌云密布。张成本以为逃离了加拿大，可以在上海度过一个温暖的春天呢，但是4月的上海让张成大跌眼镜，一来就给张成一个下马威，刮风下雨，阴冷无比。张成先在人民广场住一晚，第二天再去苏州。打不着车的他第一次见识晚高峰时期地铁站人挤人的场景。不过让张成应接不暇的高楼大厦和时尚白领，还是让张成感慨上海不愧是国际大都市。

第二天，张成坐火车去苏州，四十分钟就到了。苏州虽然离上海不远，但完全是另外一种城市风格。白楼乌顶错落有致地分布在旧城中，江南水乡给张成非常典雅复古的感觉。张成决定先去虎丘办正事。虎丘本是个旅游的地方，但由于有大量的婚纱作坊存在，现在已经是著名的婚纱集散地，在国际上都有相当的市场份额。张成给之前联系好的销售打了电话，他们开车接张成去他们的工厂。

45

销售员小吴开车把张成带到了工厂，一层是文职人员工作的地方，有10个销售和客服在网络上招揽客户、维护商户，这家工厂主要接国外订单，所以雇的这些销售客服得懂英文，二层是工厂，工人有30多人，多为女性。老板接待了张成，她是个30岁出头的女性，东北人。张成叫她侯总，她个子不高，很瘦，一头干练的短发。张成把来意跟她讲了一下，把自己选的两件今年新款的婚纱款式图给了她，让她去做，她说一个星期就可以做好。张成这次想一次性做20件婚纱带回加拿大，侯总心里有数，只要这两件婚纱做好了，张成极有可能在她这下单。侯总是黑龙江人，之前在苏州本地的一家婚纱店做销售，后来就自己出来单干了，她的绝大多数客户都是美国、加拿大的，还有中东的客人。像张成这样的海外华人她还是第一次遇见，少不了对张成一通恭维。张成对侯总的工厂以及侯总个人的第一印象都还不错，他预感这将是个很好的开始。

张成心情愉悦地回了上海，第二天一早就去福州路找黎冬青。黎冬青去年回国后，先是在自家的公司干了一段时间，后来干不下去了，他们家是做工程的，遇到民工讨薪，30多个民工扛着大铁锹来讨薪，他一看那阵势，自己都吓尿了。张成笑着说："你这小混混还有被吓尿的时候？"他说："不怨这些民工，他们也是辛辛苦苦干活赚钱，都是中间人和包工头搞的鬼，我们工资都已经付了，中间人卷款跑了，民工就到我们这闹事，你没看那阵势，我真心hold不住啊。后来我就应聘进了汇丰。”张成说：“你不是Management of information system专业吗？还能进汇丰？”“我是上海本地人，长得又帅，当时我这个职位是200选1，把我录了。”

他俩去了浦东江边的星巴克，黎冬青买了两杯咖啡，张成喝了一口，拿铁的奶味太重，说：“买拿铁干什么呀，一点儿咖啡味都没有，为什么不买当日？”黎冬青气愤地说道：“我不是想买个贵的给你喝嘛！”两人喝着咖啡，聊着天。黎冬青说，“其实我还是觉得你以后应该回国内发展。我就在后面的浦东上班，你回头看看，就上海和北京这样的经济体量，加拿大有吗？国内充满了机会，只要你回来，我觉得你肯定会有更好的发展。”张成没有作声，现在已经在加拿大结婚，还有小翠，不可能说回就回啊。张成说：“我先把我这个生意做做看，等过个两三年再看看要不要回国。就怕在那边生儿育女，想回来就难喽。”黎冬青说：“唉，要回来就早点。我移民身份就算办下来我也不回去了。你懂的呀，未来机会肯定在中国。”

张成父母和岳父岳母分别坐飞机和火车来到了上海和苏州，父亲很多年没来过上海了，他在车上的时候仰头看着浦东的大厦，发出阵阵感叹。等岳父岳母来到苏州，张成带他们去看了看侯总的工厂，然后在苏州转了两天。经梁思桐父亲的邀请，张成一家人又去了杭州，住在梁家的酒店。梁爸爸在酒店里宴请了他们，张妈见到梁妈，都说梁妈在国内的状态比在蒙城好了许多。梁爸跟张成喝了几杯茅台，给了张成一些做生意的建议。次日，梁爸安排司机带他们到上天竺的寺庙去拜拜，外地游客一般都去灵隐寺，本地人多去上天竺，梁思桐说他爸好多做生意的朋友都去上天竺祈愿的。张成虔诚参拜，心中默念：“保佑我生意成功，发大财。”他们拜完就出了门，门口有好多伪乞丐在要钱，张成一边走一边躲闪。

46

一星期后，侯总那边的两件婚纱已经做好了，张成去验货，几乎没什么差别。婚纱制作需要三个工序，第一是在大块面料上进行剪裁，做这个工作的是男性，因为面料很重，而且要对剪裁的尺寸进行预估。第二步是打板，婚纱成衣的缝制，第三步是往婚纱上缝花镶珠。说难也难，说简单也简单。整个制作成本分为两部分，一是原料成本，二是人工成本。苏州无疑在这两方面都占据着得天独厚的优势。

张成已经有了与侯总合作的意向，谈判的关键就是价格。跟侯总相比，张成是外行，所以就侯总一人在唱独角戏。不过张成之前还是积累了一些谈价格的经验，岂能甘为鱼肉，两人你来我往谈了三个来回，根据不同的款式，最后谈下来的价格是每件平均600人民币。就这样，20件婚纱，张成爽快地支付了全款。

考虑到婚纱店装修的问题，张成得买一些欧式的家具，在蒙城买家具那得是天文数字，所以张成在苏州郊区找到了一家专门生产欧式家具的厂子，以一万多人民币买了一套白色木质家具，包括长沙发，四个椅子，一个老板台，一个茶几。沙发是白木金色布艺的，看起来很上档次。

张成跟着父母去了趟苏州丝绸厂，他知道老外对中国丝绸挺感兴趣的，所以约了见面。苏州丝绸厂的业务其实已经外包给了私人企业。张成参观的就是一对老夫妻承包的车间。老夫妻的办公室里堆满了装着丝巾的纸箱，丝巾各式各样都有。老头姓吴，苏州人。其他员工都是中老年的苏州女人，每个人都戴着套袖，对张成很热情。老吴给张成看了看丝巾的款式。中国风系列的丝巾让张成大开眼界，老吴看张成对丝巾那么感兴趣，就拿出了他的镇店之宝，一条蓝色的青花瓷大方巾。大方巾上有20个青花瓷，只用一种颜色就把这20个不同款式的青花瓷展示得淋漓尽致，真是巧夺天工，看得张成目瞪口呆。他跟老吴预订了一些丝巾准备拿回蒙城去卖。在一个半封装好的箱子的裂缝中张成好想发现了一个熟悉的颜色和图案，张成一眼就认出那是爱马仕经典的马系列丝巾，他问老吴能不能看看，老吴说不行，张成问有没有相似的，老吴就给张成拿出来一件。老吴说这个是残次品。张成一看，正是爱马仕的一件丝巾，斜纹的，比直纹的厚。后来张成跟老吴套话，老吴闭口不言，但是他说2002年的时候，爱马仕刚刚进入中国市场，就邀请过他们夫妇去上海参加过展示会。

张成分析了一下，他觉得老吴肯定是爱马仕丝巾的代工厂之一。那些奢侈品牌商品上往往印着Made in Italy，但其实是中国的代工工厂做好后，运去海关，在船上溜达一圈回到海关，加上包装就成了欧洲生产的大牌子了，别说一个丝巾，就是苹果手机，不都是中国工厂代工的嘛，更何况苏州这地界本来就是丝绸之乡。再也别信什么法国意大利桑蚕丝了，其实做丝绸，中国人才是鼻祖。

47

张成给婚纱店早已起好了名字，叫Anna Zhang Couture。世界上最有名气的婚纱品牌是纽约的Vera Wang。Vera Wang中文名字叫王薇薇，已经快60岁了，父母都是国民党人，她出生在纽约，原来是位滑冰运动员，退役之后在纽约的一家时尚杂志工作，她的爱好就是设计制作婚纱，她先是给朋友做，后来创立了自己的品牌。20世纪90年代的时候，开始有名人选用Vera Wang的婚纱，特别是1997年贝克汉姆与维多利亚结婚时维多利亚穿的就是Vera Wang的婚纱，这让Vera Wang名声大噪。再后来，克林顿女儿切尔西也穿着Vera Wang结婚。张成的Anna Zhang的注册商标与 Vera Wang在读音与形式上都有些相似，所以感觉老外是可以接受的，当然张成这个Anna Zhang也不是编的，因为张妈叫张安娜，姥姥生张成妈的时候，正好赶上中国与苏联关系好，所以就给张妈取了个洋名，没想到张妈因为这个名字，出国签证都特别方便，从来没被拒签过，因为这名字听起来非常international。后面的Couture其实是个法语，有服装定制店的意思。

在婚纱制作完成之前，张成搞定了几件事，一是把家具运到了指定的仓库里，熏一下，走海运。二是给丝巾定做了精美的包装盒，俗话说得好，“人靠衣装马靠鞍”，人家爱马仕能卖上那个价钱，那包装盒也不是盖的。上海城隍庙附近有个商场，里面有好多安徽人在做包装盒包装袋，张成定制的包装盒是深灰色的，上面烫上了黑色的logo和张成的店名店址。三是张成在四川北路上买了服装店用的钢搭衣架和两个塑料模特。当初张成去纽约的时候，发现第五大道上的店里开始用黑色的模特，张成觉得黑色的模特能反衬出婚纱的精致，所以买了两个。等婚纱到齐，张成请仓库的工人把所有的东西都装到一个特制的大木箱里，这个木箱一共10个平方米，运费是1000块钱一个平方米，总计10000块钱。

忙乎了一个月，在最后关头把一切都搞定，张成自己还是挺有成就感的。一切顺利，多亏了自己好友牛威龙的照应，这一个多月，张成三天两头往他家跑，有时候还住在他家。张成不得不称赞一下他的老婆花花，没有反感张成。花花是上海嘉定人，比较爽快。但是对比一下，如果张成和别人换个个儿，小翠可做不到花花这样。

张成要回加拿大了，又赶上牛威龙过生日，他们花钱租了一个场地喝酒。是个上海小洋房，大家在露台上喝梅子酒，很惬意。牛威龙的表姐也在上海生活工作，表姐夫是云南人，自己会酿梅子酒，味道跟芝华士一样。快回加拿大的前几天，张成跟鲁西西吃了顿饭，鲁西西在毕马威工作了近五年，准备辞职了，她已经申请巴黎的欧洲商学院研究生，准备去读书。她看到了张成买的丝巾，很喜欢，便约着一起去苏州买些丝巾，留作以后给洋人送礼。

两人上午坐火车到达苏州，先去买了丝巾，然后再到观前街喝了杯咖啡，中午去苏州博物馆附近的面店吃了碗大骨面。张成在苏州转了一个月，一直都想去拙政园观赏一下苏州园林，但由于种种琐碎的事情，没有成行，明天要回加拿大了，今天一定要去看一下。

张成买了张门票，从北门走入拙政园，他一踏入园区，便被这园林美景惊呆了，南方园林的确与北方的园林景色有很大区别，整个布局复杂而精致。屋、桥、水、山、树巧妙地组合在一起。园中游人并不多。天空飘起细雨，更添兴致。导游带着一帮台湾游客走到一间屋前，说着脚下五福临门的地砖景致。其实应该叫“五蝠临门”，因为上面是五只蝙蝠。张成一路顺着游廊走，来到一个房间，房间里很暗，玻璃窗透着亮光。让张成奇怪的是这菱形玻璃窗怎么用的是蓝琉璃。这应该是西洋风啊，怎么会出现在这江南庭院。

张成往东踏出了这屋子，路口很窄，因为两旁的植被太茂密了，张成走了过去，但是好像看到了什么。是地砖，在这屋门口前一平方米大小的地方，是与园内所有的地砖都不同的地砖。这图案怎么这么熟悉。到底在哪见过？张成恍然大悟，这图案组合不是那个奢侈品牌最经典的菱形加十字花组合嘛！张成真是五雷轰顶，赶快用相机把这块地砖拍下来。这块地砖是用相间的颜色组合而成的，所以美感浑然天成。于是张成开始在拙政园里找其他的地砖图案，看看能发现什么。雨越下越大，张成在拙政园里四处寻觅着。可以肯定的是，刚刚那块地砖是园内独一无二的。张成在西边的一个小广场上发现了像国际象棋棋盘一样组合的方块形组合图案，每个方块都用鹅卵石镶嵌而成，只是每个方块的鹅卵石排列的方向要么是东西，要么是南北。相邻的两个方块的鹅卵石排列方向一定是不同的，所以在整体视觉上有国际象棋棋盘的感觉。

张成坐在火车上，心想，今天的发现实在是太有讽刺意味了。前些年中国被个别西方人诬陷说侵权他们的知识产权，我们自己的东西可能被别人抄袭了却还未察觉。想着想着，张成眼睛也湿润了。鲁西西坐在前排，回头看张成眼睛红着，问张成怎么了。张成把照片给她看，她说：“这不是那个奢侈品牌产品上的图案吗?”张成就把故事给她讲了一遍，她说恒隆现在在办某奢侈品展览，晚上我们可以去看下。下了火车，张成和鲁西西直奔恒隆的某奢侈品展览会。张成拿了某奢侈品历史小册子，上面写着某奢侈品的创始人在1890年左右来过一次亚洲，但是只去了日本，然后回法国开始卖皮包。张成一看就明白了，拙政园是16世纪建好的，路易威登当年坐了一个多月的船来亚洲，只去日本而不来中国显然是假的，肯定是为了掩盖借鉴拙政园地砖图案而故意抹去了来过中国这段历史。

48

张成坐飞机回到了蒙城，小翠来机场接他。在国内的行程很紧，一件事接着一件事地解决，回到蒙城，张成一歇下来之后，终于生病了。小别胜新婚，张成不在的这段日子，小翠还反思了一下之前对张成的态度，所以对他的态度改观了不少。

张成跟房东联系了一下，问问能不能提前拿钥匙，这样可以提早开始装修，但是房东那边做事拖泥带水，他一次性租出去了两个店铺，另一个店铺紧挨着张成的店面。所以他想请工人把活儿一齐干了，这样的话进度就慢了。张成知道夏季是售卖婚纱的旺季，他们这么一拖，可就要影响张成的销售的。坏事成双，张成的货还在上海的船上，据说还没有起航，所以他心里很没底。

回国好景不长，因为婚纱店的事情一直没有进展，小翠憋了几天之后，终于开始唠唠叨叨了。有一天吃晚饭的时候，她开始炮轰张成，说他简直成事不足，败事有余。张成就想安静地吃个饭，她一边吃，一边说个没完没了。张成叫她别说了。谁想到她言语更加激烈，把张成说得一无是处，张成想了想，婚纱定制，家具购买与熏蒸证，海运，哪一件事不是他自己经过努力与争取才办成的，她凭什么指责自己。看着小翠动个不停的嘴，张成大脑一片空白，他右手拿起碗冲着自己的头部“咣”地一下砸去，碗碎了，头破了，鲜血顺着张成的右脸颊流下来。小翠在另一侧居然还没意识到，依然不依不饶，张成转过头让她看到鲜血，小翠此时吓得面如土色，张着嘴说不出话，张成狠狠地盯着她：“能不能别说了，看什么看，还不快打911。”

不一会儿，两个开救护车的医院帅哥搬着担架来了张成家。一个帅哥看看张成，发现一块瓷片还嵌在他的头皮里，说得去医院处理，问张成怎么弄的。张成说自己摔跟头摔的。俩老外居然信了，他们帮张成简单地包扎了一下，然后给他固定在担架上，抬着他进了电梯，下到一层，楼下人很多，很多都认识张成，看到担架上的张成，他们无不惊讶愕然，“住顶层的这位是怎么了?”张成赶快闭上双眼，以免尴尬。

小翠随张成一同上了救护车，到达医院，由于张成是救护车带来的，所以不用等多长时间就会有医生来管。以前张成听过一个笑话，是真事，一个哥们儿在门口刨地，一不小心把自己脚刨了一下，伤口很深，都碰到骨头了，自己开车去的医院，排队，等了8个小时还没排到他，伤口都凝固了，就自己开车回家了。所以，有紧急情况一定要打911，救护车额外收120加元，但是肯定有医生管。张成躺在病床上，顺着门玻璃看那两位洋帅哥手舞足蹈地给美女大夫表演张成是怎么摔到碗上的。过了一会儿，大夫把张成带到手术室，先是拿夹子把张成头上的碎片拔了出来，然后往头皮里打了针麻药，打麻药的时候，针头是使劲捅的，疼得张成直叫。最后，医生帮张成把伤口缝上，好像缝了五六针，说一个星期后去家附近的卫生所拆线。张成和小翠回了家，因为受伤的缘故，小翠终于闭嘴了。

头上缠了纱布，张成一个星期基本没出门。拆线那天，小翠陪张成去了卫生所。他们去的是康大地铁站上面的clinic。给张成拆线的是一个CBC护士，估计downtown 太小，像张成这样没事在街上溜达泡咖啡馆的人，她竟然有印象，看看张成头上的线，她笑了笑说："你怎么弄的呀?"张成就把之前编的那一大段又给她讲了一遍。像这样的CBC基本都是英文法文很好，但是中文不怎么会说。在蒙城，一般只有二代移民会选择这么实用的专业，像张成他们这种留学生来，一般不会选择跟医药有关的专业，因为学习时间长，难度大，对语言要求甚高，甚至还要会法语才能在本地就业。

张成和小翠决定去一趟纽约，旅游加购物。正值南非世界杯，两人到美国旅馆时，电视里正播放着巴西对阵荷兰的半决赛。纽约的天气可以用暴晒来形容，张成决定晚一点儿再出门，先带小翠去自由女神像看看。

他俩来到曼哈顿码头，游客是人山人海，还有排着大长队的售票处。张成看到从自由女神那边开过来一艘大船，停靠在一个大港口。大船下面写着FERRY的字样。张成不知道FERRY是什么意思，张成问了一下工作人员，这个船是开往对面岛上的摆渡，居然不要钱。虽然不能上自由女神的那座岛上，但是至少近了一些，所以张成就拉着小翠上了船，等船开到离自由女神最近的地方时，张成就咔咔咔给小翠一顿猛拍，满足她跟自由女神合影的梦想。张成发现，这个岛好像就是当年"9·11"的时候，人们用相机和摄像机录下世贸双塔被恐怖袭击的地方。他俩在岛上坐了一会儿，就又坐摆渡回了曼哈顿。

回来的时候，张成因为要做生意，所以想去摸摸华尔街的大铜牛，沾沾财气，但是他记不住方向了，于是找了个西装革履的白人问路。张成不知道那铜牛用英文怎么说，于是说Cow，白人没明白，张成就又说了beef，然后又说了Milk，张成一边说，一边比画，最后这个白人反应过来，像中大奖一样跟张成说："The Bull!"张成想起来，对呀，是公牛。

49

张成和小翠在纽约游玩了一天之后，回程，路过Woodbury Outlet时又进去购物了一番，回来后一个月，张成终于拿到了房东的钥匙，两人很兴奋，买了很多打扫卫生的工具来到店里，打扫卫生一直干到晚上12点钟，张成不得不承认小翠干活是一把好手，她蹲在地上把地擦了三遍，把之前屋里刷浆残留在地上的白色印记全部擦干净了，擦完之后他们才发现，原来这地面的方砖是带有褐色花纹的。

店里的天棚是方块office风格，上面是透明的日光灯板，张成觉得这个不是很美观，现在的时装店都已经安装的是射灯了，张成觉得得换一下，不然档次上不去。加拿大最贵的就是人力，如果找老外装修公司换灯的话，绝对是一笔大开销，所以张成得找中国人来装灯。中国人做装灯这一行的基本都在《蒙城华人报》上打广告，有一个东北大哥开的价格比较公道。他们谈好的条件是张成自己买灯，他负责安装，装一个40加元，张成按格子算，大概要装22个射灯，外加门外装一个招牌灯。

大哥带着两个伙计来了。原料都是张成在Home Deport买的，由于自己的车小，张成就叫光子开车来帮他拉外面招牌的灯管儿和方块泡沫塑料棚。其实装灯也不难，就是先在棚顶上布线，并联一下，然后在方块塑料棚顶割洞，把射灯从里面扣进去，连上线就好了。三个师傅干了一整天，一直干到晚上9点多。张成给他们买了麦当劳汉堡，他们还挺领情。因为如果是广东人请他们安灯的话，讲好多少钱就是多少钱，不会管饭的。最后灯一亮，店里的确光彩照人。张成和小翠都很欣喜，付了900加元给大哥。

门外的招牌是很重要的。由于他们这个楼外面的五个商户都是统一的绿色棚子，所以张成的招牌也得是绿色的。张成找的师傅是南方人，他的作坊在蒙城北边一套房子的半地下室里。张成选好了材料和字体，付了定金，师傅开始做。由于近些年蒙城经济不景气，做招牌生意的华人，蒙城也只剩这一位了。张成选的绿底儿白字，上面写着Anna Zhang Couture。半个月后，招牌做好了，加上框子，里面装两个日光灯管，一打开。“哇，好漂亮呀。”张成500加元的银子又花掉了。

开店还有一件必须做的事儿就是买保险和安装防盗系统。张成买的是Alarm Force，美国公司的，他们每天都在CTV里播广告。不管你经营的是饭店还是超市，都要买保险，主要是防火防盗。蒙城的知名店家师傅面和唐人街的荣昌行都发生过火灾。但张成认为他们都是广东老板，很有可能是蓄意纵火而得到保险金，比卖掉店赚得都多。

一切都已经就绪，货也到了。张成首先得去找通关公司，这家韩国人开的通关公司在Atwater大楼里，他们先帮张成做了一下paper work，然后就可以提货了。张成拿着paper work去蒙特利尔海关先付税款，1000加元不到，税款多少主要看你申报的货物价值。张成租了辆大卡车，到仓库把货拉了回来，是个大木箱子。张成把大木箱子拉到店后面。这木箱挺结实，张成只好去home deport买了个大镐，把木箱敲开。他们先把婚纱，简单的家具，还有包装盒搬了进去，最大号的长沙发进不去，卡在了外面。张成这个大沙发是木制的流线型，一体的，不能拆。他们就借了个推车，把沙发绕到前门，但还是搬不进去，于是他们又把沙发搬回到楼后面，走后门。得亏小明和老木今天在，要不然张成真是无力回天了。老木现在除了是飞机工程师，还做专业搬家，这时他终于亮出大招儿，使出绝杀。老木用螺丝刀把后面的铁门给卸了下来，原本卡住的5公分终于不见了，他们三个齐心协力，把沙发搬进了后面的仓库。终于大功告成，三个人都大汗淋漓，张成让他俩先回家休息，自己处理后面的大木箱。物业跟他说，不能就那样把长好几米的大木箱摆在后面，市政收垃圾的也不可能把整个木箱搬走。于是张成买了把斧头，把这木箱砍成木块，扔进了楼后面的大铁垃圾箱里。他砍木箱砍了一下午才弄完，胳膊酸痛，躺在沙发上动弹不得。

到了晚上，张成赶快请小明和老木吃个饭，犒劳一下他们，特别是老木，平时基本都在家跟同事做饭吃，没什么油水，不像小明，天天在赌场里玩德州扑克，每天都吃香的喝辣的。老木喝了口啤酒说："老张，你这回要发大财了，以后多请我吃饭啊。"张成答应。小明倒是对赌博之外的一切都不感兴趣了。他的金融课程磕磕绊绊，所以自己几乎全身心投入德州扑克中去。他起初是去赌场的德州扑克局玩，后来慢慢演变到去私人赌局玩了，因为蒙城赌场对德州扑克的抽水太多。与其他赌博项目不同，德州扑克是唯一不是客人与赌场对赌，而是客人与客人之间赌的项目，赌场做裁判。小明说他最希望与冰球运动员同一桌赌了，那相当于白捡钱一样。小明赌钱，每天的流水都在五百一千，张成作为大哥，本想劝他收手读书，但像小明这样头脑很清晰的人，时不时赢钱，根本不会听张成的。

次日，张成和小翠继续整理店铺，把从国内买来的架子搭上。他们还有几个大工程要做，一是两个衣服架子不够用，北面的墙壁上有两个突出的像柱子一样的棱，他们可以在棱上打四个洞，再买两根管子搭上，DIY衣架。还得买乳白色的壁纸，这样可以在落地窗边展示台一侧的墙上贴上壁纸，显得店里更加有档次。还有就是得买个合适的镜子，这样客人才能看到完美的自己，最后就是搭个更衣室。

他俩开着车跑遍了宜家，Home Deport等家具店，分多次把需要的原料购置齐全，把从宜家买来的墙壁滑竿安到了店最里面的棚顶，然后挂上国内买的厚布窗帘，一个简易的更衣室就诞生了。他们再在地上铺上波斯地毯。地毯和窗帘都是岳父岳母买的，他们邮寄到苏州，跟着张成的海运一起到了蒙城。壁纸也粘得很顺利，张成没想到他和小翠居然能贴得这么好，几乎做到了无缝对接。他俩跑遍了蒙城的店去买物美价廉的镜子，最后买了两个，一个是宜家的落地镜，另一个其实是个镜子拉门，有两个镜面，拉开很宽，能给客人一个全面的展示。

张成给木质模特穿上婚纱，摆到了落地窗口。婚纱后面是小翠做的水晶球吊件，这100多个水晶球是小翠爸妈在大连建材市场买了邮过来的。她把水晶球穿好后吊在模特后面，窗口射灯一开，显得婚纱和店里环境都特别梦幻，给路过的女孩一种dream dress的感受。

50

张成的白色大老板台摆在店里很是气派，桌子上还少个电脑和收银机。在购买电脑时，张成和小翠有不同意见，张成想要买个苹果一体机，小翠意思是可以买个便宜的。他俩为这事儿争执起来，但张成觉得苹果可以提升店里的档次，于是坚持买了苹果。收银系统买的是Moneris的，一套下来，也不便宜，花了不少银子。

张成一想，开业和婚礼一样，都得选个黄道吉日进行。张成选了6月28日，听起来还挺吉利。那天，张成好好捯饬了一下，大皮鞋，大西裤，全是Armani之类的名牌，头发也理了理，美国那边的发了财的老板开业那天都是要照个朋友合影的。张成想模仿他们，想着以后发了财还能拿出来回忆一下。张成那天一副富态像。他把认识的朋友都邀请了一下。他在店里准备了食品和酒水，食品是一些糕点、酒水，张成则开了一大瓶香槟和两瓶红酒。朋友分批来了不少。张成做了慷慨激昂的演讲，希望朋友们多多支持，如果朋友有结婚的，一定要帮忙推荐一下他的店。此刻的张成对自己的店的定位还没搞清楚，他以为客户群主要应该是老外，因为老外婚纱都是要买的，而华人喜欢租婚纱，所以张成还没想过要主打华人市场。朋友们都给了许多祝福。但是很少有人能给张成提出建议，因为之前没有人在蒙城做过婚纱，张成可以说是第一个吃螃蟹的人。尽管好多做生意的人都对张成这婚纱生意心存质疑，但是都预祝张成成功。

在张成的店开业的同时，刘宇的生意也在紧锣密鼓之中。刘宇几年前的房东是个湖南中年女人，在东区开deparneur（小超市）的，所以他有时候会去帮忙。这deparneur 生意是华人移民最容易上手的生意。美国金融危机之前，这生意一直都不错，所以刘宇一直就对这方面感兴趣，后来老曹美国的工厂关了之后，刘宇回来一直研究着弄个deparneur 干干。他曾询问过张成要不要和他合伙做。张成觉得这个生意应该让新移民做比较好，因为看店比较辛苦，一般都是夫妻轮流看店，每天早7点开到晚11点，一周7天。如果生意稳定，就的确能赚得比本地白领高。但是张成想了想，他和刘宇关系这么好，如果一起经营一家店的话，在经营和管理上肯定是会有分歧的。他不想因为做生意影响了友情。其次，张成这是开店，刘宇那是买店，所以刘宇那边前期投入比较大，得有个20万的资金才行，张成没这么多钱。

刘宇看张成开店的节奏加快了，都回国进货了，他也加快了买店的步伐，四处看店。最后，他相中了蒙城东区一条比较重要的商业街上的deparnuer，在Ontario street上面。旁边是一家中餐厅，左右都是商户，有卖衣服的，有卖乐器的，看起来是那一片儿的一个集市。隔着两条街有一个大型超市。大型超市里的商品是肯定比deparnuer里卖得便宜的。如果这事儿放在中国，这小卖部肯定是做不下去的，相隔100米，所有人都会去大超市买便宜的产品。但是放在蒙特利尔的东区，绝大多数人都是法裔的魁北克人，这群人很怪，如果按照中国人的观念来看，他们是懒得出奇，尽管穷，他们打死也不会多走一步去买更便宜的商品。还有一个怪事就是一盒40根的烟卖8加元，平均一根值2毛，但是有些穷人没有钱，实在想抽就会去华人的deparneur花5毛钱买一根烟抽。这种事中国人可做不出来，因为多花了3毛钱，所以说法裔魁北克人是养活deparneur的恩人。刘宇要买的这个店卖13万，货6万。刘宇和他的搭档商量着把这个店盘下来，店主也是中国人，沟通没有问题。

张成开业的第一个星期，时而会有女人进店里感叹一下婚纱店的精美。最开始，张成没有期望很快就有成交，先看看行情。倒是时而有老太太进来看丝巾。终于在星期三，张成以120加元的价格卖出去了一条丝巾，不算之前卖出去的小饰品，这也算是正式开张了。老太太住在皇家山上的一个公寓里，名字叫Barbara，她是张成店里的第一位客人。老太太对张成的丝巾爱不释手，每一条都喜欢，有些挑花眼了，最后张成向她推荐了青花瓷那条。她买了一条之后，觉得好，想再买两条送给朋友。于是后两条张成给她打了打折扣，毕竟刚开张，所以少赚点，图个吉利。两个星期后，虽然丝巾卖出去了，也时不时有进来看婚纱的人，也有预约来试婚纱的客人，但是并没有人要买。这跟张成的预期有很大的差异，他有些上火。张成以为开业后本地居民就能来买呢，但是他的想法有些天真，根本就不了解本地市场。张成去图书馆找统计数据，居然发现魁北克是加拿大结婚率最小的省份，这让张成心里一惊，张成这才想起来，魁省同居的多，结婚的少。张成对自己产生了质疑，难道这条路走错了？现在只能硬着头皮上了，继续前行，走着瞧吧。

张成和小翠在一起第一年，国内播了一部电视剧叫《蜗居》。那一阵他们一起追剧，电视剧的主要矛盾集中在海藻做“小三儿”这件事上。张成他们几个都觉得，无论谁做海藻，都是有可能去做“小三儿”的，因为在上海那样的一座都市，两个白领靠攒工资按揭买房子的确太苦了。但是女性朋友都对海藻做“小三儿”的行为愤恨到了极点。每每小翠跟女性朋友聊天的时候，都会一起大骂一顿海藻，还得一起数落海藻她姐。不过大家都说这剧拍得太真实了，看了会让80后崩溃的。之后，国内一档真人秀节目非诚勿扰简直引爆了网络。当时，一帮北京的平面模特一齐上《非诚勿扰》做女嘉宾，那言辞实在是太激烈了。只要是一个普通男生一上台，唰唰唰全是灭灯。嘉宾那句“宁可坐在宝马车里哭，也不坐在自行车上笑”一时引发了整个社会的大讨论。还有一位女嘉宾一开始犀利地数落男嘉宾一番，看到男嘉宾账户里有700万现金后，180度转变态度。观众看得很是过瘾，但是绝大多数人心里肯定不是滋味。这加重了张成的焦虑，他觉得多赚钱，快赚钱，才是正事。

51

张成在店里坐了一个月，居然一件婚纱也没卖出去，这跟预期有不少差距。张成不得不重新审视，重新定位，以求突破。来看婚纱的人的确不少，总有老外来试婚纱，但是他们一开口张成就绝望了。都说明年5月结婚之类的，那还有大半年呢，那今年卖婚纱是没戏了吗？张成想了很久才明白，老外结婚跟中国人有很大区别，都是相处N年之后，提前一年准备，像选婚纱这事儿，一般都是提前半年准备，把所有婚纱店都逛个遍再做决定，可是张成开店时不知道这个习俗，这就惨了。

对于第一个月的状况，张成觉得不能没有应对措施，他开始做推广，既然定位是本地老外市场，那张成得打广告。乱打广告是浪费钱，最有效的办法就是参加蒙特利尔一年两度的婚纱婚庆展。这个展会5月有一届，11月有一届，是加拿大第二大婚庆展，最大的婚庆展在多伦多。张成跟展会的市场部联系了一下，价格是3000加元，展览两天。张成签了合同，选了会场位置。不过这才8月份，所以张成准备先在网上自己做推广。主要是两个途径，第一个是像58同城这样的论坛，叫kijiji。张成把他的婚纱图片放了上去，并留下联系方式。可是这上面也有问题，一是上面卖的几乎都是二手货，所以上这个网站的受众多是奔着二手货来的，有点不够高端。二是上这个网站的本地市民大多只说法语，并不是英法双语，所以电话打过来，沟通上有障碍。张成的法语水平可以说非常弱，小翠能好一些，但是小翠课程还没有结束。所以还得张成接电话。店里的固定电话号码选得非常好，是9898588，听起来非常吉利，但是蒙城的区号用咱们中国人的思维来讲还是不太吉利，是514。所以张成店的号码是1-514-989-8588。

第二个推广方式就是社交网络了。北美都是用 Facebook的。张成用邮件注册了一个新的账户，然后把店里的照片和婚纱都摆在了网页上面，然后附上自己的网页地址。张成开始用这个号添加Facebook上本地的加拿大适龄青年，第一天加了50人，第二天加了70人，第三天加了80人，到第四天的时候，Facebook把张成封号了，说张成恶性加好友。Facebook其实是在推广自己的广告业务，因为当时北美的年轻人几乎每个人都注册了Facebook，而且填写的年龄和地域几乎都是真实的，所以他们推出了按照年龄和地域推广广告的套餐，也就是说张成可以花钱推广网页到25—30岁年龄段的蒙城青年。Facebook广告上说明举例就是用的纽约的一个婚礼摄影师案例，但是Facebook刚刚推出来这个业务，几乎没有商家做这个，效果不好说，大家都在做google，所以张成不愿意付费。而且，Facebook禁张成的号，让他很气愤。所以他也就放弃社交推广了。

张成想试试ebay，就在ebay上注册了个号，以500加元的价格在上面卖两件婚纱，没想到遇到了骗子，一个美国人把这两件都拍了，要张成发货，张成联系他，却没人理他。但是ebay却从张成的账户信用卡里扣了100美金税钱。这个张成得要回来啊，他这才发现ebay是没有电话客服的，所有客服都在线上，但是由于人多客服少，得在线上排队，张成排了100多号，等了几个小时才排到他，终于跟客服联系上，人家调查完后，还真没废话就把张成的钱给退了。他觉得ebay这路也不好走，因为自己卖的是特殊产品，对尺寸是有要求的，而且张成现货有限，不一定有合适的婚纱发出，并且邮寄也有两个缺陷，一是北美的邮费贵，张成的婚纱体积大，这就不划算了。二是如果客人尺寸不合适，张成就得找裁缝改，费用相当大，北美的人工太贵。这些问题在中国就不是问题，要不然中国经济发展快呢，这都是铁打的优势。张成此刻才真心感觉创业不易。

店开了一个多月，婚纱礼服一件也没有卖出去，张成自己虽然比较受打击，还可以承受。但是小翠那边性子急，一看一直在赔钱，心里焦虑，只好把脾气发给张成，此时此刻，她开始觉得侯总给的报价高，应该用别人家的婚纱。丝巾包装盒上的Montreal拼写错误，也让她怒火中烧。

刘宇此时已经和他的搭档买了店，他这个小搭档在college上学，家里给他买了辆Toyota SUV，刘宇看他有SUV，那以后进货就不成问题了，但是这小搭档跟家里说要合伙买店，家里不同意，让他安心读书，以后找个工作，所以不提供资金帮助。刘宇资金都到位了，开始催小搭档，小搭档拿不出钱，还觉得亏欠刘宇，就把自己车卖了，卖了4万块。最后，这20万的店，刘宇自己陆陆续续投了16万，但是刘宇开的是跑车，这下没有车进货了，所以他又去买了一辆马自达，每个月得按揭300多块钱。这天正赶上他得去提车，所以早上就跟张成打好了招呼，让张成载他去车行。

中午，张成和小翠因为几句不合吵了起来，你一句我一句，没控制住局势，变成了大吵，主要集中在生意上的分歧。小翠嘴唇薄反应快，用很快的语速给张成一通数落，张成连招架之力都没有。看着外面的阳光烤着板油地，张成的心情加剧暴躁了起来。本来张成不想多说，但是小翠已经急速地把张成的火点着了，张成大喊一句："够了！"张成这一骂，显然是火上浇油，小翠那嘴就像机关枪，字眼像脱了膛的子弹一样向张成射来。张成去前面把店门锁上，和小翠到仓库里开始对骂。

他俩装修时吵过一次，张成给岳父岳母打电话，让他们帮忙调解一下，说说小翠。但是岳父次日跟张成说以后这事儿就别找他们了，他们老了，经受不起这个。这让张成很是郁闷，张成觉得小翠有的时候有些一根筋，根本劝不了她，她总往死胡同里想。小翠抗压能力不行，一边哭一边指责张成，张成本来想安慰一下她，但是没两个回合就被她说毛了，张成还觉得自己委屈呢。张成一看表，快三点了，他得回家开车载刘宇去买车，于是跟小翠说："我得走了，去载刘兄提车。"小翠一边哭一边吵得兴起，大喊："不许去。"张成说："我都答应人家了。"她说："你朋友比这店重要是吗，他一叫你你就得去是吗？"张成说："这是哪跟哪啊，我答应人家去帮人家提车的。"小翠又把刘宇的不是说了一顿。张成心里很气，因为前一阵刘宇还开着车拉着他俩和老木去皇家山北边请客吃了一顿饭，张成觉得小翠太无理取闹了，他大喊道："刘宇招你惹你了？"便摔门而出。

张成是守信的人，答应别人的事儿一定要做到，他回家拿了墨镜开着车接刘宇，比约定时间晚了10分钟，刘宇买好了两杯冰咖啡，看张成脸色铁青，便问张成："怎么了？"张成激动的情绪还没有平复，哽咽着说："太憋屈了。"张成开着车，越想越觉得委屈，外加生意没有预想的好，这阵子承受了太多压力，眼泪流了下来。刘宇也知道小翠的脾气，他说："张兄，要不行，你就跟她离婚得了。"张成心想，一般都是劝和不劝分的啊，你这怎么还劝我分啊。张成说："那不行。"刘宇说："那你改变不了她，就改变你自己呗，平时勤快点，没有舒舒服服就能创业的。"张成想想也是，稍微平复了些情绪。

老木现在给人搬家，刘宇这边的deparnueur正好要招人帮忙搬货，这是纯体力活，仓库在地下室，所以得搬上搬下，刘宇觉得他在店里看店的时间比较长，所以让他的小搭档周末来理货，但是小搭档觉得太累，甩手不干了。张成问刘宇："一小时多少钱？"刘宇说："一小时6块钱，干4小时。"于是张成就把老木介绍去了。老木第一天去，回来就开始跟张成抱怨，张成问："怎么了？"他说："你那个朋友刘宇太不讲究了，我辛辛苦苦帮他干了一下午。我走的时候跟他要了张地铁票，他居然还扣了我两块钱，只给了我22元。"张成一听就明白了，他们deparneur会买六连票，分着卖给居民，加个5毛钱。成本2.5元，扣了老木两元。老木意思是："就给我张地铁票怎么了，还扣钱，太抠了。"张成安慰老木说："南方人呀，做生意算得仔细，别生气了。"

老木虽然耍了耍脾气，但是这个活儿总比他去搬家轻松，所以还要继续给刘宇干。老木托张成让朋友给他办了张大学的健身卡，很便宜。所以身体练得不仅有型，而且挺有力量，帮刘宇摆摆货还是小菜一碟的，张成问刘宇老木干得如何，刘宇说他做得很不错，是干活的一把好手，比他的小搭档好多了。

有一个周末，老木去刘宇那干完活回来，走到张成店门口，给张成比画着让他出来。张成看他那兴奋劲，问他干什么。他搂住张成的肩膀往楼后面走，张成说："你干什么呀？神神秘秘的。"他嘴角上扬，小眼睛一眯，说："有好事。"张成从他的目光中看到了一丝淫念，难道是中彩票了。

老木："我艳遇了一个洋妞。"说完一边点头一边露出胜利者的笑容。张成心存疑惑："不应该啊，老木这英文水平也只限磕磕绊绊的沟通，庞巴迪的女工程师怎么也不会那么不长眼跟老木上床吧，肯定不会。Dollar店里的收银上次不是拒绝过老木了嘛，也应该不是。难道老木在哪遇上了新老外了?”张成看老木在那故弄玄虚，也赶快装出特别想知道的样子，说：“在哪呀，快说，别磨叽了。”

老木抻了抻脖子，上身挺的那叫一个直，像极了电视剧里的领导，压低声音说：“刚刚在大街上。”

“大街上？哪的大街上?”张成赶快接着问。

“我刚才从刘宇那干完活出来，走了没两个路口。”

“然后呢?”

“过了马路有个洋妞迎面走过来，到近前时，她用色眯眯的眼神飞了我一眼，我随即点点头……”

此时的张成心里还是有些欣慰，之前讽刺老木要泡洋妞的想法是痴人说梦，此刻他却有一种酸酸的感觉，张成的好多朋友猎艳多年都放弃了，老木来了半年就实现了他的目标。张成有些佩服老木的执着，尽管他这个梦想是上不了台面的。

开业第二月还是没有卖出去一件婚纱，生意的惨淡不仅影响着原本趾高气扬的张成，也影响到了他和小翠的婚姻关系。此时的张成才想起来不知是教授还是哪个前辈说过，在蒙城开店，不管是饭店还是超市，至少得拿出现金养三年，如果他说的是真的的话，张成得赔多少钱啊。张成越想越闹心。现在得开源节流啊，开源开不出来，至少得节流啊。张成这喝咖啡的习惯是戒不掉的，但是不去咖啡店买了，每天早上在家煮好，然后用杯子带到店里再喝。生意不好，张成每天食欲也不好，到中午也不饿，每天随便吃个苹果了事，不知不觉体重降了，体脂比以前减了不少。他也不想再跟小翠吵架了，没心情，能忍就忍吧。

52

9月1日是加拿大的劳动节，自婚纱店开业以来，每日都开门迎宾，看的人多，买的人少。张成决定在这天关店一天，开车带小翠出去转转，吃个饭，放松一下，缓解一下夫妻关系。

小翠化了妆，穿得漂漂亮亮，她挎了一个坤包，脚踏高跟鞋，头发盘了一下，穿上红色夹克，还是那么美。她这一身打扮，也不为别的，就为拍照，自然而然就不会忘了叮嘱张成带着相机，早已疲于吵架的张成，自然不会犯这种低级错误，早已把数码相机放兜里了。

九月的加拿大绝对能让人感受到秋天的氛围，不穿个外套肯定会冻着。小翠问张成去哪，张成想想，看看风景，就去皇家山吧。他俩开着车，停在了皇家山上的停车场，由于是全国性的节假日，挺堵。他俩一路溜达，一路拍照，来到了皇家山顶的观景台。站在这观景台上，能看到downtown的全貌，远眺能看到南岸，也能看到东边的奥林匹克中心。山顶上人很多，但是不暖和，风刮起来是嗖嗖的凉意，尽管晴空万里，张成的心情却怎么也好不起来。他俩合了张影，回家之后张成把这张照片贴到了开心网上，几个朋友惊呼："怎么瘦的？教教我们呗，下巴都尖了！"张成一看，可不嘛，自己都没发现，下巴尖了，人显得帅气不少，但是自己也知道这是压力大导致的，所以也高兴不起来。张成和小翠也没去饭馆吃饭，买了羊肉回家涮火锅，在这略有寒意的初秋也算是挺幸福的一件事。

小翠让张成递交团聚移民申请，尽管张成并没有打算扎根加拿大，但是先申请个移民身份也没什么坏处，更何况现在不用去学法语了，因为已经跟小翠领证，所以申请个夫妻团聚移民即可。张成没有找律师帮忙申请，因为这婚姻本来就是真的，况且在加拿大和中国都分别办了婚礼。张成把婚礼的照片洗出了20多张，填写了移民表格，叙述了跟小翠相知相爱的过程，一齐寄给了移民局。在海外其他国家申请团聚移民速度比较快，一年就能下来，但是在加拿大申请团聚移民速度反而较慢，需要一年半。张成觉得其实申不申请都可以，因为他心里有点抵触小翠的朋友说他是为了办移民身份才跟小翠结婚的。

之后的一个月，生意还是没什么起色。张成每天如坐针毡。他算了一下，冬季马上来临，如果生意还是这样的话，每个月光店里的开销就得2500加元，加上房租1000加元，再加上生活费。这样的话，不出4个月，张成账户里的钱就消耗殆尽了。一想到这，他就倍感压力，这可不是开玩笑的。

怎么办呢，跟家里再要钱有点开不了口了，都已经毕业两年了，何况家里已经帮了不少忙，还是自己想办法吧。张成想了想，还得开源，小翠在幼儿园的实习马上就要结束了，可以到店里帮忙，那张成就去找个工作贴补家用吧，还有另外一个办法就是把跑车卖了。张成跟小翠提过一句想要卖车的事儿，他的意思是这跑车只有两个座位，以后有小孩就坐不下了，卖了以后换个生活用车，于是在kijiji网站上把车的照片和价钱放了上去。

跑车不太适合冬天开，如果今年卖不出去的话，过一个冬天进入下一个年度，那么价格还要下降，张成一开始开价1.9万，有几个电话过来，说要

1.7万买，张成都没有同意，但是随着时间的延续和张成自身的经济压力的陡增，他不得不降低价格到1.8万，又有几个老外表示有意向，还有多伦多的中国人特意来看车，但是最终都没有达成协议。后来有一个魁北克的老外，询问1.6万卖不卖，卖的话马上付现金。张成觉得价格压得太低了，没有卖，给他回了1.7万的价格，没想到过了一个多星期，老外打过电话来说："我老婆特别喜欢这辆车，你赢了，1.7万就1.7万，周末过来付款。"

周末，夫妻俩如期而至，试了试车。张成的车的左后轮前方有过一次小剐蹭，不仔细看是看不出来的，张成一直担心夫妻俩以这个理由再跟他杀价，如果是中国人的话一定会拿这个理由杀价的。这两位也看到了，但是并没有提出异议，给了张成1.7万现金，去车管局办了过户手续。

当自己的小白被别人一脚油门踩下去开走的时候，张成看着小白的背影，心痛了一下。此时他才反应过来，他舍不得它。有人总说车是男人的第二个老婆，张成这个小白也开了快三年了，真的像自己的伴侣一样，而且它从来也不跟张成耍脾气，张成也经常给它擦得干干净净的。就在这秋风中，小白慢慢地消失在他的视线中，而他手里拿着厚厚的一沓钞票，张成把钱存进了银行。

晚上小翠回来的时候，张成告诉她，自己把车卖了。张成本来心里挺踌躇的，虽然心里很感伤，但是想想大半年的资金有了着落，也很欣慰。没想到小翠发作了，她以为张成昨天跟她开玩笑呢。张成不理解她为何要那样发作，甚至一个月没理自己，后来他懂了，他俩不再是有车一族了，开跑车的风光也一去不复返了。张成以前无意间跟她吹过牛说他以后再买一辆SUV，然后把小跑给她开。她认为这车是她的了，可是现在竟然被张成给卖了。

53

生意陷入困境，张成想了好多办法，可是都不可能及时奏效。现实情况与之前的预期简直是大相径庭。每次给父母打电话，家人也会问怎么样？张成还得说还行什么的，渐渐地，他开始不愿意跟家人交流了。卖了车之后，经济压力减轻了不少，张成也有了时间慢慢去做推广了，但是小翠是真生气了，几乎不理张成，这让他很难受。

张成在店里一坐就是一天，坐在他的古典椅子上。他开始怀念过去，开始想自己出国前的人和事儿，可能就是有诸多不顺，就有些想家，想念他在国内的小伙伴。有一天，他在网上看到了一个MV，是北京的一个说唱组合龙井的歌，名字叫《归》。歌词大意就是："哥们儿你出国了，哥儿几个在国内都惦记着你，在那边对自己好一点，有什么事儿就跟哥儿几个说，别忘了我们。如果混得不好就回来，哥儿几个永远在国内等你。"张成就想，多么质朴的友情啊，这些张成也拥有。他没事儿就把这歌放几遍，听着听着，自己还掉了几滴眼泪。

张成在网上看到了一篇文章，里面说的是抑郁症的事儿，还有个自测，就是15条，张成看了一下，15个症状里中了12条。张成惊呼："妈呀，我真是做梦都没有想到，我这么一个爱打爱闹的人，居然得了抑郁症。"不过张成这个是轻度的，因为他还能睡着觉。但是他也有了明显的症状，比如体重在短时间内下降很快，厌食，避免与他人交流，特别是熟悉的人。最严重的就是有轻生的想法，虽然没有真的准备自杀，但是会思考："如果自杀的话，用哪种方式。我家住在顶层，跳下去的话，会不会死得很惨，会不会上报纸上新闻。我妈看到的话，会不会太伤心？"一想到这儿，张成就知道不要再往下想了。以前张成一直认为，那些自杀的人有什么事儿想不开啊，特别不理解他们，难道就不为自己的父母想想吗？后来，放在张成自己身上，他真的明白了，也理解了这是为什么。他再也不去取笑那些轻生的人了。

张成开始强烈地反思自己的行为，特别是过错。张成觉得自己吹牛能赚大钱，坑的不是自己，而是对不起父母，经济上和精神上都对不起。也对不起老婆，她嫁给了他，本来俩人都是衣食无忧的，张成非要赚大钱，没让老婆过上好日子，为了节约，连中秋节都只买了一个月饼，他觉得自己有罪。他想起了自己的前女友。他出国两年之后，和国内高中时的女朋友分了手。姑娘是个很善良的女孩，当时很受刺激，或者说受伤害。以前有个东西叫校友录，最早是chinaren出的，张成高中谈恋爱的时候给他和他女朋友单独建了一个，里面就只有他们俩，校友录有个功能，如果你来过的话，会留下记录，这么多年，前女友总来看，次数明显多于张成。而张成呢，那几年过得那么精彩，哪有空来看她啊。现在不同了，张成得了抑郁症，需要救赎自己，张成登录上了校友录，前女友已经有两三年没来过这里了。张成也确定未来几年她也不会来的，于是在这里的留言板里写下："对不起，我对不起你，我错了……"张成知道她不会来看的，张成只希望如果他挺不过去真的死了，她有一天能看到张成写的这些话。

54

车卖了，虽然解决了小一年的资金问题，但是张成和小翠还得过日子。在这个养生意的特殊时期也得用钱生活啊。有个朋友说他们公司11月要招6个中文客服，问张成感不感兴趣，张成想小翠幼儿园实习马上结束了，那她就可以来店里盯着了，他就同意了朋友的邀请，让她把自己的简历递上去，算是refer，在加拿大找工作绝对得靠认识人介绍。

这是加拿大第二大的电信公司Rogers旗下的子公司叫Fido，很多中国人都有用Fido的手机计划。在蒙特利尔这里的这个部门是Fido的全国客服电话中心。张成要应聘的部门比较特殊，是中英文客服，主要就是服务在加拿大的中国人，但要求英文一定要好，因为在与其他部门交流时需要全英文对话。由于之前在Atelka做过英文客服，所以张成在应聘者中是相当有竞争力的。据说这次Fido放出来的是6个职位，但是竞聘的中国人有300之多。张成想想也是，现在整个加拿大都不好找工作，蒙城因为要求法语的原因就更难了，中国人的短板普遍是法文说不好，所以非常难找到文职的工作，大多不是在餐厅，就是在超市工作。这职位消息一放出来，蒙城的技术移民、高级知识分子都跃跃欲试。

一面是电话面试，张成一听就是个白人女性。张成估计她的工作就是考察这帮应聘的中国人的口语怎么样。大部分中国人都止步于此。电话面试对张成来说倒是小菜一碟，非常礼貌和顺利地完成了面试。接下来就是隔日的公司面试了。张成得知可以参加二面的消息还是很高兴的，得到工作，生活费就有了，必须把握住这次机会。

面试那天是下午两点。张成不敢怠慢，穿的衬衣夹克，系个领带。原则就是既要得体，又别穿得太好，不能太高调。公司在4层，还挺高大上。前台把张成带进了一个办公室，这是人事部一个领导的办公室。不一会儿后，他走进了办公室，张成打量了一下他。这是个中年魁北克男人，因为他的英文夹杂着魁北克人固有的语气，人很瘦但是很结实，一看就是平时锻炼的不错。银色短发中夹杂着黑发，算是老外中年男人中很有魅力的那种。他看了张成的简历，然后惊讶地说："哟，以前做过咱们Rogers的业务啊？"张成说："是的。""那会用SGI系统吗？"张成回答："是。"张成心里琢磨，看来很有希望啊，毕竟中国人里面做过这种电讯英文客服的人不多。领导把张成带到了中文客服部。张成一看，人还真不少，少说也有四五十个中文客服。这个步骤主要是考核张成的中文水平，一个香港人面试张成，很nice，给张成讲了讲工作内容，然后让张成听了半小时电话。之后，张成又回到了人事办公室，银发领导说："好像一切都还顺利。"他递给张成一张纸，上面是三道题。两道问答，一道应用题。其实题目都很简单。做完之后，张成就回家了。他走出了公司所在的办公楼，准备步行回家。深秋的蒙城，下午四点，天已经开始变暗了，看着西边的晚霞，张成吸了口冷气，市中心的路上车水马龙，他可能在店里窝了太久，此时的心情很是惆怅，仿佛来到了另外一个世界。

次日，张成接到了被录用的电话通知，300选6，他被选中了。张成当时坐在店里，心想，真是天无绝人之路啊。这下生活费和做生意的钱都有了，可以安心熬过这个漫长的冬季了。张成把这个好消息第一时间告诉了小翠。毕竟，这样既能缓解经济上的压力，也能缓和和小翠之间的关系。

张成新工作基本是轻车熟路。和张成一起入职的5个同事基本与张成有相似的背景，有两个是康大的校友，一个是渥太华大学毕业的，还有一个是澳洲留学，然后移民到加拿大的，只有一个是技术移民，没有海外留学背景。不管大家承认与不承认，其实都是有公司内部熟人介绍（refer），然后再从这些refer的应聘者中筛选出来的。他们倒还挺紧张，毕竟这份工作在蒙城的华人圈中算一份相当不错的工作，所以都倍加珍惜。

工作内容也不难，就是在系统上帮客人改换电话计划之类的。工作内容属于多而杂，有不会的地方得去问老员工。这些工作对张成来说本来应该是小菜一碟，但是张成发现他真的是得了心理疾病，由于长时间的抑郁和压力，张成很难集中注意力去专心做一件事。总是担忧这个，担忧那个。这些症状集中体现在了上机之后。有一次，一个培训张成的老员工听张成的电话记录，并且看屏幕系统操作的录像，他发现张成在跟客户讲电话的时候，鼠标并没有按照正常的程序路线操作系统，却一直在电脑屏幕上转啊转的，张成看到这个记录，也意识到自己是有问题了。老员工问张成："你在做什么？"张成逃避着他的目光，不知该如何回答他。他忽然问道："你是不是家里有事？"这句话直击张成内心，张成不想让任何人知道他心底的秘密，只是用眼睛瞪着他，说："没事。"

他这并不是真心关心张成，而是带着嘲讽的语气。中文客服部一共有三个团队，每个团队有二十人左右，但是每个团队只有一个主管。跟张成讲话的这个老员工叫Tony，不是主管。张成很讨厌他，因为就算换个老外来，都会真心帮助新人熟悉工作。而Tony很显然是个很世故的人，喜欢人前一套，背后一套。每次指导他们都带有不屑的态度。他好像是广州人，所以既可以说普通话，也可以说粤语，这在中文部其实是很有优势的，而他们几个新人除了有一个是上海女孩外，其他几人都是北方人。而Tony弄了个香港人的发型，总是在举手投足之间流露出对他们几个北方人的蔑视，好像他比张成他们高几个级别似的。最让张成恶心的是，当他遇到三个主管或者其他部门的老外的时候，他又会换成另外一副嘴脸，马上笑脸相迎。看到他，张成实在无法不联想到鸦片战争中汉奸的模样。若不是当时张成正患有抑郁症，不愿表达感情，要不然早就骂他两句了。

张成开始上班之后，小翠在店里看店。小翠尽管对张成的态度不怎么样，但是她对客人非常热情，这一点儿比张成强很多。随着时间的推移，来店里的客人人数是上涨的，也有客人准备下单了，总的形势在转好。

55

日子恍恍惚惚，马上就要圣诞节了。张成也将要迎来一个三天的小长假。他没想这节日要怎么过，没心情，经济上也有压力，除了想着得拿出点钱给小翠买个礼物，真不想再花什么钱了，也不准备跟刘宇他们出去聚餐了。李笑笑和他的小女朋友乔雨相处得还不错，尽管他跟乔雨在南岸有一套别墅，但是李笑笑还是跟她在东区租了一套公寓，一室一厅，因为乔雨在市中心上学，这样能近些，而且市中心热闹一些，南岸实在是太静，用冷清来形容更加贴切。乔雨对张成印象还不错，觉得张成挺逗的，于是圣诞节邀请张成和小翠去他们新家过。张成询问了一下小翠，就接受了他们的邀请。

自从夏天开始有经济压力后，张成就不去咖啡店喝咖啡了，开源节流嘛。圣诞节前一天，张成决定去咖啡店喝杯咖啡。怎么说自己现在一个月工资2000加元呢，喝杯两块钱的咖啡犒劳一下自己。他走到绿房子下的星巴克点了一杯咖啡。张成有个习惯就是咖啡加奶加糖时，会心里默默读秒，以控制奶和糖的量。多么熟悉的动作和流程啊，张成觉得久违了。他端着咖啡坐到了熟悉的窗边。天色已黑，外边是零零散散下班回家的人。张成喝了一口咖啡。好像有什么不对劲，再喝一口，怎么没有味道？这真是他意想不到的，其实咖啡的味道并没有变，而是张成的心情变了，原来得了抑郁症的人的味觉是会变得不灵敏的，喝不出咖啡的香味与苦味，只有心里苦。

圣诞夜那天，张成和小翠赴约去李笑笑家吃饭，去SAQ买了两瓶葡萄酒带着。他租的是个新公寓，房主是中国人，自己不住，往外租。房子是半地下的，有一个小院子，其实从院子下去，可以直接进屋的，但是院子里全是雪，所以他们还是从公寓单元的大门进。进了屋子，张成感叹了一下，还挺温馨，乔雨把客厅布置得很有圣诞气氛，还弄了个玻璃架子，准备了给张成他们的圣诞礼物。来李笑笑家过圣诞节的除了张成和小翠，还有乔雨的两个朋友，他们是1987年和1988年生的，比张成这拨人小5岁左右。乔雨的两个朋友是一对帅哥美女，女孩儿是北京的，男孩儿是山东的，从穿衣打扮上就能看出来是特别爱玩的小年轻。男孩在饭店和KTV打工，带来了几瓶混酒，就是酒精和牛奶巧克力混着的那种。张成一看就晕了，因为他不能喝洋酒。这圣诞节，估计李笑笑不把张成喝多了是不会让张成走的。于是张成很低调，知道自己都半年没喝过酒了，这一战不得晕死。大家上了桌，张成赶紧说："今天我不能喝多啊，你们悠着点。"李笑笑一听张成这么说，很是惊奇，他知道张成以前就算心服嘴也不服的，这是怎么了。他说："不要听张成的。"然后开始给那男孩讲起当年在北京，后来在蒙城酒吧，张成和他是怎么拼酒的。给那男孩听的是热血沸腾。然后俩人开始喝混合酒。张成直接开吃。乔雨准备了烤肉，买的腌好的牛仔骨和大虾，六个人吃得很热闹。李笑笑兴致也起来了，开了瓶国内带过来的白酒，张成觉得也别端着了，喝起来吧，连着跟他俩干了几杯白酒。那男孩身体挺壮，平时估计没少喝酒，但肯定不是张成和李笑笑的对手啊，这么连着干肯定不行。没一会儿就去洗手间，把水池子给吐堵了，然后躺进浴缸，站不起来了。

张成和李笑笑听说男孩倒下了，就乐了，说："刚才就他叫得欢，这才不到一个小时就倒了。”然后张成和李笑笑接着喝，喝完白的喝啤的。10点多的时候，李笑笑说他不行了，要吐。这是张成意想不到的，因为张成还没事儿。由于厕所被男孩占领了，张成只能扶李笑笑去和他家一条街之隔的麦当劳。吐完再把他扶回来，给他扔床上。张成也喝high了，骑李笑笑身上，逼他给北京的田大壮打电话，承认被张成喝倒了。张成也喝高了，好久没这么开心了。

张成和小翠回家，张成还在那儿美呢，自言自语：“我把李笑笑喝倒了！”去卫生间洗脸的时候，张成习惯性地摘下婚戒。突然心一慌。“我的戒指呢？”难道是落在了李笑笑家？为这戒指张成和小翠在纽约可是打过一架的。张成慌了，但是还不能让小翠发飙，赶紧给刘宇打了个电话，让他开车送自己去李笑笑家。临走前，小翠虽然没有骂张成，但是张成感受到空气中的气氛已经异样了。

张成坐上刘宇的副驾驶，他已经好久没和刘宇交流了，这是不正常的，张成估计刘宇也知道他心情不好，他俩只是寒暄着近况，张成还得装得正常点，不想让刘宇窥探到张成的内心。车开着，下雪了，落在车窗和前挡风玻璃上，融化成水。张成说：“刘兄，又一年了。”刘宇说：“是啊，咱又一年了。”

56

刘宇把车开到李笑笑家门口，张成敲门进去找戒指，乔雨给张成开的门，李笑笑还在昏睡。张成在厅里屋里卫生间都找了个遍都没有找到，然后沿着他家到麦当劳的路上去找也没有找到，只好回家。第二天，张成又坐地铁去了李笑笑家，把还没扔掉的垃圾袋子翻开。前一天他们吃的剩肉虾皮混合在一起，散发出腥臭味，没有办法，只能找。张成的戒指为什么会丢呢，除了喝酒误事之外，还有就是张成抑郁之后瘦了几十斤，本来戴在手指上有一些紧的戒指忽然变得很松。找了很久，还是没找到。从李笑笑家走向地铁站的路上，张成感到了一股凄凉。他越不想与小翠争吵，越是躲着，越躲不过，感觉自己好像变成了“loser”，用小翠的话讲就是“衰”，她责备张成把日子变得越来越衰。慢慢地，张成也麻木了。张成觉得戒指是婚姻的象征，戒指丢了总是种不祥的预兆。

圣诞节没过好，元旦也一样。张成已经开始对节日没有什么憧憬。元旦前后，有一件好事就是店里卖出了两件大礼服，是一个阿拉伯青年女人买的，当然，尺码不是很合适，所以要小翠改，小翠虽然不是裁缝，但是她做这种动手的工作很有天分。一件礼服改小，张成内心觉得是行得通的，但是要把尺码改大，就要把整个礼服拆开，再重新缝纫。小翠还真的做到了，背后的辛苦张成也看到了，她为了赶在交货日之前改好，晚上会在店里改到半夜两点多，张成也在店里陪着她。他俩把改好的两件大礼服送到阿拉伯女孩的公寓楼下，女孩拿回家穿了，正合适，然后把尾款给了小翠，小翠手拿着几张百元钞票特别开心，虽然张成当时已经变成了个木头人，但也深知这几百加元并不够支付他们每个月一千的店面房租，但毕竟这是四个月来他们卖出去的第一件礼服。小翠开心地拥抱了张成，张成也抱着她，两人顿时有一种患难夫妻的感觉。

新年伊始，他们迎来了一年一度的蒙特利尔婚庆婚纱展会。张成在秋天的时候就支付了展会的费用，租了一个展位。由于张成星期一到星期五上班，所以展会的布置主要由小翠负责。展会在周六周日两天。小翠找了她的大专同学两个魁北克本地女孩来帮忙。两个女孩展会当日在展位身穿两件婚纱，发放他们事先印好的彩色传单。展会还有个中心T型台，周六周日各有两场走秀，职业模特身穿各个参展婚纱店的婚纱，在T台上展示，每个参展婚纱店可以由两个模特展示两件婚纱。小翠早已经把店里两件比较豪华和潮流的婚纱改好到模特的尺码。每个店都是有针对性地挑选婚纱展示，希望一下就抓住观众的眼球。总的来说，T台还是很成功的。但是展位方面给门店带来的效益有多少张成却很难估计，而且展会内的法语气氛让张成倍感压力，怎么这么多人只说法语啊，张成又郁闷了，对店的未来又疑惑了。

婚纱展会之后张成反复琢磨，那一段日子自己过得像一具行尸走肉，自己还没到三十岁呢，怎么就会这样，其实这是有原因的。

第一，张成从小就活在幸福之中，不仅是衣食无忧，家庭关系一直也很和谐，长辈都疼他。学习成绩优秀，后来还出国留学。只要参加足球队，张成就是队长核心。他在同学与朋友的圈子中还永远都是核心人物。不论是好事儿坏事儿，张成都是第一个上，比如班里第一个用手机的人，第一个有驾照的人。再加上家里条件好，张成的优越感简直就是与生俱来的。张成五官长得不错，个子也不矮，也比较受女人欢迎。二十多岁，一帆风顺。即使遇到点困难，也根本算不上挫折，这样的优越感让张成觉得自己一定会成为一个人物。但是现状打击了他。

第二，婚姻出现了问题。婚姻就像打仗，两个人在一起了，就各自划分好了楚河汉界。然后，总有一方开始进攻，另一方防守。张成主张开婚纱店之后，由于对生意的误判，患上抑郁症，然后卖车，丢戒指，自己都已经厌倦自己，更何况小翠呢？由于张成开店的决定，他俩从一对儿开跑车买奢侈品的小青年，变成了一对要为一餐晚饭精打细算的夫妇。落差之大，一个女人无法轻松接受。渐渐地，小翠的唠叨越来越多。张成就在这唠叨之中，防线一次次被击破，底线一次次被突破。最后，成了一具行尸走肉。

夫妻关系的严重失衡使得张成的发言权急剧萎缩。几次摩擦之后，张成选择了沉默。自己不经意的一句话，极有可能引起她的不满，一场批判大会就会从天而降，但是他如果继续沉默避之，就会使得批判越来越无底线。

这段时间，张成就在家看综艺节目，图一个轻松。张成看的是郭德纲的《今夜有话要说》，其中有一集是一个男演员，宣称自己是气管炎，什么钱都给老婆，还在节目中与郭德纲干了一瓶啤酒，对着摄影机喊道：“今天我就喝了，怎么着吧！”张成对婚姻已经有一定体会了，观众乐和的时候，张成却有不同的感受：在公众场合过分显示自己在婚姻中的弱势，不就是一种高调的反抗吗？

有一天吃早饭，小翠大喊：“牙掉了。”一年多前回国结婚时，张成妈找人帮她矫正牙齿做烤瓷牙，由于回国的时间不够长，没有换上烤瓷牙，用的塑料牙模掉了。这可是门牙啊。在加拿大弄牙很贵，所以小翠预定了四月份的机票，回国把牙弄好，她走之前不忘跟张成责备张成妈当年让她整牙的不是。张成本想说：“当时不是为了你好看吗？”但他把话咽了回去。

57

小翠买了机票就飞走了，回国一个月。那张成只能早上就去店里，下午一点的时候小妹晴晴过来接班，张成从两点上班上到晚上十点。小翠这次回国不仅要把牙修好，也会去张成家探望张成父母。她准备了好多单据，能反映现在店的运作如何，也准备了张成的一些慵懒的照片给张成父母。她刚离开时，张成因为生活的惯性问题还有些不适应。但是过了几天，他感觉长舒一口气，享受着久违的安静生活，终于不用因为说错一句话而引起一番指责或者侮辱了。

晴晴的妈妈是张成的阿姨，她来参加晴晴的毕业典礼，来这儿住一个月，晴晴和张成住在同一座公寓楼。阿姨来了之后最先逛明白的就是菜市场，每天都买菜回家做好，然后让晴晴给张成送一份上来。尽管阿姨手艺不是很好，但是让张成在抑郁的病魔中忽然感受到了家人一般的温暖，心里很是感动。尽管张成过得拮据，财政权也已经完完全全给了小翠，但是他还是想起咱们中国人的礼仪，周末的时候请阿姨和晴晴吃顿西餐。

小翠短暂的离开和阿姨短暂的关心让张成的心情好了许多，阿姨给张成带来的东北气息让他想到了很多往事，至少，他对人情味又有感知了。阿姨这次来本想看看要不要给晴晴买套房子，但是习惯了热闹的她觉得这边人少，生活单调乏味，改变了想法，准备带晴晴回国了。阿姨家是做煤炭生意的，在沈阳大连都有几处房产，几辆车。张成也觉得晴晴回国应该过得更丰富一些，晴晴要走，张成心里还是有一些酸楚。

小翠回来后，可能是心情好，所以两人吵的并不多。而且天气转暖，开春了。老木叫张成去跟他们公司的人一起踢球。张成马上在足球场上找到了自我，他们这些飞机工程师一看来了位会踢球的，都对张成颇为尊重。他们给张成起了个绰号叫“国脚”。而且每个周五晚上踢球的时候他们都让老木拉张成过去，张成终于在球场上找到了自尊。每每踢完球，他坐在婚纱店马路对面的小卖部前面，感觉什么事儿都想开了。

五月中旬是张成工作签证到期的日子，但是移民身份还在审理过程中，Fido这个公司工作的基本都是本地人和已经拿到身份的移民，像张成这样还拿工作签证的比较少。张成知道这一天迟早要来。他想着能蒙混过关最好，没人提起，他就在公司里猫着，能干一天是一天。其实大公司在这方面是没有漏洞的，人事那边收到系统提示，张成的工作签证到期，当天人事就通告给张成主管，主管找到张成，说按照停薪留职处理。张成也没有异议，当天就卷铺盖走人了，他拿着东西回到了店里，小翠并没有埋怨他，因为店里生意好起来了，没有之前那么大的经济压力了。张成一屁股坐到店后面的储藏室椅子上，心里面的一块大石头终于落地了，这未尝不是一种解脱。

不用上班之后张成就先歇歇，白天去店里转转，然后就买菜做饭，晚上拿到店里跟小翠一起吃。日子有点恢复到了以前正常的生活。但是好景不长，坏事来了，小翠的一个朋友从多伦多来探望她。

这女人叫田甜，是小翠的同乡，跟小翠一样都是2000年左右来的蒙特利尔，后来在麦基尔大学上学。田甜原来也住downtown，大家在大街上撞过无数次头，鸭蛋脸，长得还算漂亮。张成知道她之前有个男朋友，一直在唐人街小肥羊打工，剃个球头，人挺帅的。但是田甜大学毕业后就离开了蒙城，去多伦多发展了，而这男的还在蒙城。说白了，就是田甜把这男的踹了。张成觉得这女的做得挺狠的，人家打工养家，你居然读完大学办了移民就把人家给甩了，有点太不讲究了。

田甜这次就是来蒙城逛逛，花钱购物，她知道小翠现在有这么一个店，就来看看。张成开始也没注意到什么，只是这女的手上戴了颗大钻戒，店里的灯光好，所以显得她那颗钻挺闪的。她总共待了三天，每次逛完街买好包就直奔张成店里休息。那天，张成看到她买了两个爱马仕包回来，就有点警觉了，她这么做可别刺激了小翠。晚上睡觉前，张成主动跟小翠聊了聊。不出所料，小翠内心起了波澜。这个田甜在小翠面前好一顿吹牛。张成就开导小翠了，张成说："我们不缺什么，也不比人家差什么，不是每一个人都能在这样的城市的市中心拥有这么一家店的，而且更重要的是，华人敢在这开婚纱店的，我们是第一家。咱原来不也是开跑车的嘛，尽管车卖了，但咱至少开过。"小翠觉得张成说得有道理。

张成追问田甜的状况，小翠开始娓娓道来。原来这个女的办好移民之后就去了多伦多。本身学历不错，再加上长得有几分姿色就进了家公司。有一次她们公司开什么会，香港那边的同事也来了加拿大，一个香港来的中高层跟她对上眼了。两人就好了。张成问道："这男的多大岁数啊？"小翠说："好像四十多。"张成紧接着又问："这男的是单身吗？"小翠说："是啊。"张成心想："小翠啊小翠，你真是个傻媳妇。就冲这女的这种花钱法，这男的摆明是婚外恋啊。"说白了，田甜可能就是一个第三者。张成想是想了，没敢说。他感到田甜这两天在店里耗着肯定跟小翠说了什么，他有一种不祥的预感。

果然，小翠开始说买房子的事儿，张成说还不是时候，如果在蒙城买房付了首付的话，很可能一辈子都扎这儿了，这是张成害怕的。况且现在店里生意刚刚回暖，但是之前的支出除了张成卖车的一部分，其他资金都是张成父母给的。如果买房的话张成势必又得跟家里开口。父亲炒股亏了些钱，再加上贴补张成做生意，他们已经付出够多了。张成实在不想再给父母造成负担。小翠知道张成家除了自住房外还有一套房产，她就一直嘟囔着为什么不卖一套，在蒙城付个首付。张成自然不同意这样做。

他俩租住了两年的公寓七月就要到期了，所以要找新的住处。小翠说："就找个单间能住就行，反正我们大部分时间也是在店里待着。"于是她在店附近找了个老房子，房间在四层，一个屋子带个卫生间，屋子里只有一个灶台，外加一个有安全通道的阳台。张成觉得有点小。但是现在不工作了，就先住着过渡一下吧。

58

新租的这屋有多小呢？其实没搬进来时看起来还行，但是由于东西多，他们把床摆在了中央，床的左侧堆满了整理好的纸壳箱。床尾放了电视柜和跟着张成混了多年的二十九寸索尼彩电，张成几次搬家时都想把它扔了，但都没舍得。电视上面还斜搭着堆不下的纸盒箱子。

这哪是家啊，这不是家。这间屋子有两个功能，一是晚上睡觉，二是做饭。每天的午饭和晚饭张成都在这屋子的小灶台上做好，然后用饭盒装好拿到店里跟小翠一起吃。七月的蒙城已经进入了夏季。张成好多年前住过老房子，很热，特别是顶层。他每天中午做饭的时候那简直就是烟熏加桑拿啊，炒完菜是一身汗加一身味儿。现在店里的生意还行，尽管不盈利，但是已经能基本抵消店里的房租水电等开销了，张成也琢磨着再去找点别的活干。

自从田甜走了之后，张成就感觉小翠的脾气又坏起来了，而且总是话里有话。现在她不仅仅是对张成的怨言增多，这不对那不对的，顺带着也对张成父母有所不满。对张成的不满主要是针对他之前租两年的那套公寓，每月房租是1000加元，两年就是24000加元。她的意思是张成没脑子，这钱还不如还按揭贷款呢。张成不想跟她争论这些，因为当时他租那套公寓，一是为了她上学方便，二是公寓能看到皇家山春夏秋冬的全景。但是张成不愿与她说这些，害怕引来更激烈的争吵与更深的矛盾。他只是心里默默地骂那个田甜给小翠瞎支招，搞得他最近几天都过不好。

现在流行说怕媳妇儿是一种美德，张成并不这样认为，因为一味地谦让或者躲避并不能解决问题。悲剧总有一天会降临的。

这天，张成一如既往做好饭带到店里，小心谨慎，该干嘛干嘛。小翠在改客人订的婚纱。一直到半夜12点多，他俩才回家。张成走进家门，心里默默叹了口气，今天不错，小翠没骂自己。张成躺在床上，打开电视，等她洗完澡睡觉。她洗好后吹头发。这时电视里插播起了广告，一个房产销售正在推荐房子。小翠一边吹头发一边看着电视。张成则眯着眼睛等她关灯睡觉。

突然，小翠大声喊了句："让你妈把国内万科那套卖了，我们买房子！"

张成崩溃了，他管不了是不是半夜，夜深人静了，压抑很久的情绪让张成彻底爆发了："你他妈的有病吗？"

小翠显然没被张成吓到，而且她也憋着一肚子气呢，她没想到张成还敢骂她，想想自己这一年多受的委屈，再想想闺蜜的车子、房子、戒指、爱马仕包，她直接回了张成一句国骂，然后加了一句"我搬到这，就是要你尝尝没有房子住的滋味"。张成恍然大悟，你还有这算计呢。张成已经无法用其他语言表达自己的心情了，直接又回了她一句："去你妈的！"

让张成意想不到的事儿终于发生了，小翠挥起右手直接给张成左脸一耳光，尽管打得挺响的，但是张成没有感觉到多疼，有的只是震惊与愤怒。张成本能地说起了东北话："你再打一下试试？"连预想下一个场景是什么的时间都没有等到，一记响亮的耳光再次落到了张成的脸上。

张成不知道该说什么，他只是在颤抖，他不可能回手打她，因为教养使得他不能打女人，张成心都碎了，眼泪在眼眶里打转，但是不会在此时此刻落下来。张成默默地穿上了衣服，摔门而出。他感到耻辱和委屈，直接去了酒吧，用身上仅有的十块钱买了一杯啤酒一饮而尽。张成问自己，我这不仅仅是没了尊严，我他妈还是男人吗？张成怎么也不会想到一年前那个电视剧《蜗居》的故事会印证在自己身上，而且还是个海外版。

张成坐在酒吧里喝了这杯啤酒居然不敢买下一杯，因为不知道钱够不够，买啤酒也是要给小费的。张成问自己，怎么就活到这份儿上了，连多一杯酒都买不起。也不知从什么时候开始，小翠就给张成兜里放5块钱现金，然后告诉张成这5块钱你如果花完了再跟她拿。5块钱能买什么啊？一顿快餐还7块呢。一杯咖啡2块钱，张成都不敢找人一起喝，万一人家点一杯卡布奇诺什么的一共5块5，他总不能跟人家说："哎，哥们儿，我这就5块，那5毛你拿一下吧。"真是无钱休入众啊！张成再怎么说也是一小老板啊，做小生意也得有社交吧，新人不敢交往，连老朋友刘宇都疏远了。有一次，张成5块钱花了一周没花掉，最后买了两次咖啡，回去跟小翠要钱，她还来了一句："哟，你这钱花哪了啊？"他彻底服了："5块钱花一星期，你还问我花哪了？"张成越想越气，自己怎么活得这么窝囊？最后小翠给他的两记耳光彻底把他打醒了，抑郁症彻底没了，他彻底活过来了。

张成去店里的沙发睡了半宿，早上趁小翠还没来店里就离开了。张成先让刘宇给他送200加元过来，然后打电话让家人往刘宇账户里汇2000加元，作为自己最近的零用。

下午，张成洗了澡清醒一下，然后独自来到Guy与St-Catherine街角的Second Cup点上一杯咖啡，他要反思一下自己的现状。他这人虽然反射弧长点儿，但是一般事儿总还是能想明白的。小翠想要保障，房子就是保障，但是他现在根本给不了她，原因很简单，咱现在这个店不赚钱，但是其他店赚钱吗？除了已经做了多年有基础的饭店还能挺着，大家都不好赚，特别是美国次贷危机之后又经济萧条，加拿大受很大影响，华人涉及的服务业都很难，很多店都关了。所以要改变他和小翠的关系，挽回他俩的婚姻，张成觉着必须得赚点快钱。在加拿大赚快钱也就三个字了：捞偏门。其实几年前老王还在的时候，倒卖大学毕业证，办续签，假结婚办移民，干这行最赚钱。可惜现在老王已经回国多年，那条线已经断了。张成想起来他的德国表哥在他刚出国的时候跟张成提过，他有一高中同学在多伦多，他让张成在蒙城好好学习，千万别去多伦多那边跟着他混，会学坏的。张成赶紧联系了表哥，要了那人的电话。那人三年前已经回国了，在海南做教育培训顺带着炒房呢。张成不得不感叹一下这波儿人精们真是跟着大势走。

59

报纸上的一则新闻引起了张成的注意，中国驻蒙特利尔领事馆开馆了。这就意味着，以后在蒙城的中国人不用搭两个小时的车去渥太华办理护照，已经取得加拿大国籍的华人办理中国签证也不用去渥太华了。张成知道，蒙城有几位是做渥太华中国大使馆护照延期业务的，领事馆一开，他们的业务势必会受到影响，肯定会有新的商机出现。尽管张成还没有嗅出来这里会有什么商机，但是张成判断肯定是有利可图的。比如留学生回国证明就应该是个买卖。但张成不认识领事馆的人，也没有朋友认识。所以他准备闯出一条路来。

他在网上查领事馆的信息，信息很少，因为刚刚开始办公，人也不多，也不办业务，还只是筹备阶段。地址在市中心一栋办公大楼的18层。张成先去踩了点，楼下是银行和快餐，一层的正中央是安保，有一个保安，但是并不管什么事儿。

张成跟小翠已经好几天没说话了，他也没去店里看她，她回家张成就去店里睡。她没有主动跟张成道歉，张成也没有台阶下，所以就这么耗着。星期五，老木叫张成去踢球，张成一如既往地发挥出色，进了几个球之后心情不错，走到店对面的超市买了一瓶可乐坐在花坛边。小翠正好打开店门，来到外面掸婚纱上的线头，看见了对面坐着的张成，冲张成笑了。张成也就笑了。张成知道让她跟自己道歉，她也说不出口。张成给了自己一个台阶，回到了店里。虽然小翠没表达什么，不过这事儿就这么过去了，日子还得往下过呢。

张成每天都在领事馆盯梢，看看领事馆里都有什么人，能不能看出什么破绽。通过观察，现在来的只是一组人，全体人员其实没到，一个参赞，一个管事儿的大哥，剩下的都是二十多岁的年轻人。参赞是位中年女性。有一天早上张成在他们楼下抽烟望风，参赞路过时特意警觉地看了张成一眼。张成蹲守了几天，没看出什么破绽，除了发现他们都住在不远处的万豪酒店外，其他什么也没发现。还有就是现在他们没有业务，所以也无利可图，张成决定还是回店里先把自己的生意做好吧。

张成分析了一下店里的生意，其实做了几项业务，婚纱买卖与租赁，另外一项就是新娘造型，但是小翠不自信，所以新娘租他们这里的婚纱，她就给免费做造型了。其实她做得造型还是很不错的。还有另外一块业务就是婚礼摄影跟拍。小翠也是够实在的，可以说有点傻，把店里的客人介绍给做摄影的广东人，人家只给15%的返点，太亏了。张成跟小翠说我们可以有自己的摄影师，而且价格由我们说了算。

张成找到了一个合适的人选。这个人叫小政，是康大的学生，快毕业了。他是上海人，个子不高，戴个眼镜，中长发，文质彬彬的，说起话来很地道，有点上海滑稽演员严顺开的感觉。用小政自己的话说，他是老上海人，就是祖上就在上海。小政的爸爸原来是政府官员，后来自己下海，跟朋友开发了一个楼盘，大赚了一笔钱。小政是个器材党，有一流的摄影设备，但是技巧不高，张成看了他给女孩拍的写真，有那么一点儿意思，但是还需很大提高。不过他虽然拍照一般，但是报酬也好商量。正好张成之前的同事马上要结婚，小政终于有一个机会可以上手了。

60

张成的同事秀杰是和他做客服的时候认识的，他喜欢足球，所以总跟张成聊甲A。他想把整个婚礼包给张成。张成这边出三套婚纱，小翠出两个造型和一个婚礼拱门，收700加元。小政这边给全程跟拍，收300加元，张成付给小政150加元，剩下的归店里。小翠此时发现张成说得没错，自己出摄影师的确可以赚到钱，她嘴上没服，心里倒是美美的，毕竟这摄影的钱赚得比改婚纱、做造型舒服多了。

婚礼当天，秀杰选了圣劳伦斯河边的一家西餐厅。餐厅外面有大片的草坪，秀杰把婚礼安排在草坪上，他和新娘站在拱门前宣誓。拱门是小翠做的，上面缠满了假花，跟美国电影里的拱门没有什么区别。音效是张成做的，沿用他自己结婚时选的那几首美国经典结婚歌曲，当然也有《明天就要嫁给你》这样的喜庆歌曲。

婚礼进行得很顺利，不管是婆家还是娘家都对婚礼的安排表示满意。小翠更是忙前忙后，不仅帮新娘变换着造型，还帮新郎新娘招呼着各类客人。小政也是一直在跟拍，没闲着。

秀杰给宾客的食物安排的是牛排龙虾扇贝三选一，座椅也是一排一排摆放的，完全的西范儿。宾客们喝了一轮红酒后，气氛也热烈了起来。小翠精心准备的新郎新娘游戏也把婚礼推向了高潮，有一位新郎的朋友玩游戏输了，抱着巨大酒杯，一饮而尽两瓶红酒。

席间不停有宾客赞许这个婚纱店老板娘不简单，真能干。张成的同事也过来跟张成说："你老婆真厉害呀。"也许是敏感，张成觉得他们认为自己是吃软饭的。酒过三巡，也有新郎新娘的朋友主动找小翠喝酒，逗得小翠哈哈大笑，当然都是男性。张成能感觉到那些男性非常欣赏小翠，张成心里冷笑，真实的情况，如人饮水，冷暖自知。

忙碌了一整天的张成、小翠和小政都非常疲劳，他们把东西搬回店里就都回家睡觉了。第二天是周日，上午张成和小翠都没爬起来，就没去店里开门。周一，小政把存有婚礼照片的Sim卡拿了过来。小翠看了照片，气得差点晕过去。小政拍的照片里10张有5张是倾斜的。小政属于摄影爱好者，是典型的器材党，他不太爱拍风景，他喜欢拍小美女。张成之前看过他给小美女拍的写真，为了追求意境和感觉，他会斜着拍。但是婚礼跟拍属于记录婚礼瞬间的写实，斜着拍肯定不合适。小翠急脾气，看到斜着的照片，一下就炸了，对小政说："你拍的这是啥呀？"小政肯定要辩解，两个人你一句我一句，争吵逐渐升级。小翠的嘴可不是白给的，吵遍天下无敌手。小翠看小政根本不服，就说："你这拍的还不如别人用数码相机拍的呢。"小政被这句话给激怒了，他用的可是佳能5Dmark2，专业相机，小翠这么讲话不是侮辱他嘛。他气得摔门而出。张成在一旁上网，还没顾及那边，争吵就已经结束了。看见小政摔门，他赶紧追出去安慰小政。

张成个子高身体壮，搂住比自己小两号的小政说："别生气，别生气，我媳妇儿就那脾气，你别跟她一般见识。"小政用上海腔颤抖地说："她太侮辱人了，说别人用数码相机都比我拍得好！"张成说："好了，好了，她说的不算，我才是婚纱店老板。”

张成请小政去家楼下的酒吧喝了半扎啤酒，好安抚下小政的情绪，毕竟小政婚礼那天忙前忙后很辛苦，更何况现在店里只有小政一个摄影师，不能因为小翠的几句话就给人家赶走了。其实小政也没想通过这个赚钱，家里本来就有家底儿，只是想实践一下，顺便就当勤工俭学了。张成一面安抚小政的情绪，另一面也担忧照片无法给人家交代。

61

小翠说有个人在蒙城华人网论坛上看到了张成招摄影师的帖子，打电话过来说要见面。张成约他在白求恩广场的星巴克见面聊聊。

摄影师叫左左，在国内是拍商业广告的摄影师，回国发展之前，他在法国工作，也是战斗在法国华人论坛摄影版的版主。还真是位大咖，拍过一些明星写真。

张成见左左，总感觉像一个人，他用力地想了一想，左左长得像香港电影演员李璨琛，只是左左留着西瓜头，搞艺术的总还是跟普通人不一样。张成还观察到左左的右眼珠有一点儿往外偏，不知道是天生这样，还是由于长期看快门导致的。张成发现但凡是一只眼有一点点问题的人肯定是一个行业里面最顶尖的人才。

张成和左左聊了聊便达成了一致，做婚纱摄影，赚钱一人一半。张成出客户，左左出工。张成把左左带回了店里，把小政跟拍的婚礼照片原片给左左看了。左左不愧是专业摄影师，一语道破小政的问题："十张里面有一张斜着的是可以接受的，所以按照这个比例把拍得正的和十分之一斜的照片给客人就行啦。"张成和小翠面面相觑。这是大师啊！

与此同时，张成想起来去年秋天的时候有一个台湾人开车过来找张成谈合作，他说他哥哥Ryan在南岸做婚礼MV。张成觉得秀杰的婚礼其实就缺少一个MV，所以找到了Ryan。Ryan是兼职做婚礼MV，他的工作是西山下面一家日料店的寿司师傅。他做过几个婚礼MV，都是台湾风格，还有就是给新开业酒吧做些小片段。生意不是时常有，所以养家还是需要做寿司师傅这份工作。

Ryan让张成想起了纽约的台湾哥们儿阿龙。张成和Ryan聊了聊，颇有种相见恨晚的感觉。张成交朋友属于外貌协会型的。他的朋友大多是帅哥，Ryan留着日本浪人式短长发，打着湿啫哩，浓眉小眼，刻意留着碎胡，很cool。

张成提出来："我们先拍一个MV，把婚纱店植入进去，演员我来找，关键是为了宣传这个MV产品。"张成暂时不想付费给Ryan，Ryan也很爽快，既然是为了宣传，那他就免费出工，大家一起把这事做好。

小政说女主角他来找，他认识一个美女，于是帮张成约在了林肯街上新开的珍珠奶茶店。张成见到这个女孩，第一眼的感觉像佟丽娅，但是这个女孩自带忧郁的气质。张成跟女孩握了握手，女孩做了自我介绍。女孩名叫苗迪，今年刚来蒙特利尔上学。张成说自己想拍一个MV，觉得苗迪形象很好，很适合。苗迪是唐山人，在北京生活，有一个北京海归男朋友，金融行业的，本来郎才女貌，但是由于男友事业不顺，有虐待她的倾向。苗迪家里做生意的，很有实力，苗迪提出分手后，男友纠缠不放。父母只好把她送到蒙特利尔，她姐姐在这办了移民，可以照顾她。张成听了她的故事，马上构思了MV的故事主线，女主角只身来到蒙城，遇见学生男主，男主追求，但是女主由于忘不了国内的感情，拒绝男主，最后女主站在张成的婚纱店前，看着婚纱想起北京的往事。这样，婚纱店广告就植入成功了。

张成想找一个年轻一点儿能跟苗迪搭配上的小鲜肉做男主角。小政又帮着找了，找了半天只有一个男的来面试。张成一看这位长得也太喜庆了，肥头大耳小眼睛，乐呵呵的一张嘴一股天津味儿，张成觉得不行。

Ryan看了看小政，说小政有一定的男主特质，就小政吧。张成想想也找不到更好的，就说："小政你亲自上吧，给你个跟苗迪吻戏的机会。"小政连忙说："不行不行，这个不可以的。"张成知道小政口上说不，但是心里美滋滋的。

周六就开工了，Ryan和张成一大早就到了苗迪楼下，小政过来带大家上楼，先在家里拍了一些镜头。中午，张成买了包子犒劳几位，下午直奔老港，拍了组镜头。MV看着短，但是拍起来可真累人。苗迪的姐姐苗梅中午还前来阻止，她可能觉得张成他们对她妹妹没安好心，张成给她解释了一下，姐姐同意下午继续拍，但是她得跟着。张成开玩笑地跟小政说："吻戏没了。"小政不好意思地说："不要闹啦。"

第一天没拍完，第二天又拍到下午。这两天工作量很大，张成感叹："这拍片可真挺累的，我既当导演又当剧务，还得给大家买饭吃。"杀青后，张成请几个人去美食坊吃了顿粤菜。后期就全靠Ryan了。Ryan一个星期剪完了，给张成看了看。张成提出了修改的意见，Ryan觉得有道理，又改了下。

音乐响起，配乐是Ryan选的韩国组合少女时代的单曲 *I love you*。黑幕上逐渐出现张成编写的四行字：

"我最喜欢的季节曾经是北京的秋天，

但是在那一年，我不得不离开。

我想找一个地方躲起来，

躲到世界的另一个角落。"

四行文字渐渐消逝，苗迪的背影出现在老港的阳光下。Ryan这时把“导演张成”打了出来，然后依次是演员。Ryan这是在讨好张成，张成心里明白。故事渐进，苗迪拖着行李箱进入公寓，在公寓电梯与小政相遇，双方眼神交替，小政对苗迪一见钟情。之后就是苗迪独自生活的片段。起床，喝牛奶，看书，眼泪滴在书页上，出门去老港散步，之后小政拿玫瑰花求爱，苗迪拒绝，玫瑰花掉落。苗迪走到白求恩广场，端着Tim Hortons咖啡坐下，看着人来人往沉思。这时最关键的片段来了，苗迪走到Anna Zhang婚纱店前，看着婚纱落下了一滴眼泪，MV结束。

整个MV拍的还是相当有水准的，张成非常满意。他准备在设定的一个时间在微博上推出这个MV。在此之前，他联系了50个在蒙城生活的中国人，到时候大家帮他转，一定要转爆蒙城华人圈儿。

张成把推出的时间定在中午12点，其实他前一天已经把MV上传到音悦台和优酷上了，Ryan说：“优酷的效果没有音悦台好。”所以张成决定用婚纱店的微博官号转发音悦台这个版本。然后张成用自己的两个微博账号转发，之后张成的朋友们开始转。一下午，MV真的转爆了，总转发量达到了200次以上，视频点击量达到8000次。一时间，整个蒙城留学圈沸腾了。关注的重点就是：“这个美女是谁？有没有男朋友？”苗迪北京的朋友都给她发消息说微博上看到她拍的MV了，很是激动。张成大学时的室友司徒从国内发来消息说：“兄弟你成功了，还记得我们当年看的网剧《完美动物》吗？你也拍出来了。”也有人看出了门道：“这是市中心婚纱店老板做的植入广告。”一时间，张成和小翠的婚纱店被整个蒙特利尔留学圈儿知晓，一炮而红，生意自然来了。

左左这边也没闲着，为了给婚纱店做宣传，带着自己的媳妇儿上皇家山上拍了套写真。他的构图，模特儿的pose和后期修图，是完全超职业的，比摄影爱好者们的作品水平高了不只是一两个级别。张成拿到写真马上在网上做了宣传。由于MV的轰动效应，写真被大量点击。来咨询的华人准新郎新娘比之前多了好几倍。婚纱店终于火了。

62

张成拿左左的照片在微博和Facebook上都做了宣传，他在Facebook上发了一张左左媳妇儿在皇家山上侧面走步的一张照片。很巧的一件事发生了，由于张成一年前用Anna Zhang Couture这个Facebook的账户加过纽约Vera Wang 品牌为好友，所以相互的状态都可以看到。在张成发这张照片之后，Vera Wang品牌居然也发了一张一模一样pose的模特照片，只是人家的模特是走在T台上。在张成Facebook的首页中，Anna Zhang和Vera Wang这两张照片是连在一起的，前后相隔9分钟。张成心想不会这么巧吧，巧到pose都是一样的，除非Vera Wang这个大品牌也暗自关注了Anna Zhang这个小品牌？张成顺势点进Vera Wang的主页，发现Vera Wang的logo换了，“怎么这么眼熟呢？”张成恍然大悟，好像看懂了什么，自己喊了一声，“我去，居然抄袭了我的logo!”

Vera Wang原来的logo就是横版正常的两个字Vera Wang，新的logo变成了大写的V和W上下组合交叉在一起，然后下面底座写的是Vera Wang。张成的一年前设计出的Anna Zhang logo，是大写的AZ左右连在一起，然后下面底座是Montreal。很显然，Vera Wang这个世界第一婚纱品牌不仅关注了Anna Zhang，还抄去了Logo的设计思路。后来张成找到了加拿大做知识产权的知名律师。律师看了张成提供的logo对照，说了意味深长的一个词：interesting，但是由于张成的婚纱店营业额太小，所以即使起诉也无法提出索赔额度，这个事也就不了了之了。有朋友在微博上安慰张成说："这件事说明你离成功不远了。"

在一个客户的婚礼上，张成认识了一个90后杭州女孩，这个女孩长得既有点像韩国影星宋慧乔，也有点像张成几年前喜欢过的一个韩国女生。所以张成执意让左左给这个女生拍组写真，用来宣传。照片的效果很好，张成把照片上传到多伦多约克论坛，他想吸引多伦多留学生到蒙城来拍写真，尽管这个尝试是失败的，但是照片连续3天都是约克论坛日点击率冠军。左左在社会上混了多年了，看出来这个女孩对张成有一些好感，就跟小翠说："你得小心点，你老公太会讨女孩子喜欢。"当然，他是当着张成面儿开玩笑说的，小翠什么都没想，好像没听见一样。左左的老婆第一次见到张成是在大街上，她以为左左合作的这个婚纱店板得有40多岁呢，没想到居然是不到30岁的张成，连忙顺势夸张成年轻有为，其实骨子里也带着一点儿不服气。毕竟她跟左左从深圳到法国再到北京，在摄影圈儿里摸爬滚打多年，在圈儿内也颇有名气，但是技术移民到加拿大，却得给一个20多岁的张成打工，心里不是滋味。张成也颇感危机，左左技术在那摆着，如果给他养出名了，他自己单干起来，那就损失大了。

MV在蒙城走红后，很快有两对中国新人找来拍婚纱写真，第一对是留学生夫妇，第二对是新移民。留学生这对儿，男孩长得不错，关键媳妇儿很胖，形象上差不少，所以得在造型上找回来。之前张成已经招到两个造型师，左左都说："还行吧，一般，过得去。"左左说，"摄影师作品的好坏是跟造型师的功力成正比的。"在其他造型师来之前，店里的造型都是小翠做的，张成觉得这次重任还是应该给小翠，让她锻炼锻炼。左左看过小翠做的几次造型之后，私下跟张成说："小翠虽然不是科班出身，但是悟性很强，比那几个专业的强。"张成觉得左左这话不是恭维，小翠做事儿本来就是把好手，就改大婚纱这活儿，专业裁缝也不一定能做得好，但是小翠可以。

留学生这组写真是在老港和皇家山两个景点拍的，张成全程给左左做助手，跟着左左的镜头，张成发现这次老港的景色跟以前自己逛的时候不一样了，从左左的视角看到的建筑怎么都那么好看。这把张成内心深处文艺青年的感知全给钩了出来。张成还是故意克制自己别太文艺，因为他觉得文艺和商业是相冲突的，文艺感越强，对金钱的嗅觉就会越不敏感。

63

左左这套婚纱照拍下来之后，发回国内让专业修图师修了修。照片发回到蒙城后，可以说让整个蒙城做摄影和造型的华人颤抖。真的比他们做得高好几个档次。张成发到自己的官网、Facebook和微博上展示了下，Anna Zhang这个品牌正式确立了蒙城华人第一婚纱摄影店的招牌，自那之后，每个周末都会有两组客户，或者婚纱摄影写真，或者婚礼跟拍，一时间生意很是红火。

张成总结了一下，前一年他开店的时候定位是婚纱销售店，主体客户是当地的老外。但是由于对文化的不了解，老外成单的周期基本上是一年，所以根本就不好做。他在痛苦中转型，根据市场的需求，最后转到华人婚纱租赁和婚纱摄影上来了。中国人结婚置办婚纱或者租婚纱可没老外那么磨叽，一星期后的婚礼，可以这星期定下来租哪件婚纱，然后衍生出造型和摄影服务。张成明白了这个道理，所以他想把产品做齐，包括租加长林肯车的婚礼一条龙服务。

有一对麦基尔大学情侣来张成店里咨询婚礼服务的事宜。这一对情侣年纪跟张成相仿，二人都是麦基尔大学的在读医学博士，未来肯定是两个牛人，因为麦基尔大学的医学专业在整个北美都很有名气，况且麦基尔大学是加拿大唯一的一所常春藤大学。女博士先在小翠这做的免费试妆，小翠手艺好，一个发型，一对假睫毛，一个新娘妆，把本来相貌平平的女博士打扮得非常光彩照人。女博士很开心，看到自己居然可以这么漂亮，就要定下来。

第二天男博士就来跟张成谈价钱了，他要租一套婚纱，要做一个婚礼MV，还要订一辆白色加长林肯。婚礼摄影师就不用张成这边出了，男博士麦基尔大学里的几个朋友都是器材党，他们给拍。男博士问张成可不可以便宜一点儿。张成也很爽快，拿出计算器给男博士打了个八八折，男博士欣然同意。

婚礼那天，两位博士先坐着林肯车去法院宣誓签字，然后去麦基尔大学神学院的教堂举办婚礼。这二位博士还真有能力，国外的教堂一般只给信徒举办婚礼，中国人虽然都向往浪漫的教堂婚礼，但是信天主教和基督教的少，所以教堂一般不给中国人做婚礼场地。在牧师的主持下，两位博士的婚礼开始了。两位博士在朋友们的注视下走进了教堂，Ryan在他们的前面一边后退，一边捕捉二人走向牧师的镜头。而张成被Ryan安排到了教堂的二层，从高处录下两位新人的婚礼，这样做，MV就可以有不同的角度，近景和远景也可以结合着用。后期，Ryan能把这个婚礼MV做得更完美些。

婚礼全程是用英文主持的，男博士和女博士的感言也是用英文说的。张成一直在一丝不苟地录着video。女博士在说完自己的英文感言之后，突然提高了分贝，在教堂里用中文带着哭腔大声地喊道："妈妈，我今天结婚了！"这一句发自内心的呐喊，一下把全程无感的张成感动得瞬间流下了眼泪，由于双手握着摄像机，张成的眼泪顺着脸颊狂滴到地上。

张成回家想想，这高级知识分子就是不一样，把婚礼弄得这么洋气这么有意义。想想他和小翠的婚礼到最后就成了酒局。所以说真的是物以类聚，人与群分，张成跟男女博士这样的人注定成不了挚友，因为人生观、世界观都不一样，还是跟刘宇、黎冬青这样的人聊得来。女博士为了答谢张成和小翠在婚礼上的帮助，邀请去她家吃饭。

女博士亲自下厨，男博士招呼张成和小翠入座。女博士这道菜做得真有功夫，在唐人街买了十多种香料、辣椒和酱料混在一起干炒小排骨。张成吃了一块大声喊道："哇！这排骨太好吃了，看着颜色以为得辣嗓子呢，实际上太香了！兄弟，你太有福了，媳妇儿真会做饭。"张成和男博士碰了下杯，喝了口啤酒。小排骨都吃完，女博士说："我这炒的是火锅底料。"她去厨房端进来一锅白汤倒进了没有小排骨的底料中。原来还能涮火锅，两位博士把羊肉和素菜端到餐桌上，张成吃到了正宗的四川火锅，觉得真香。

和光子一起打工的小赵给张成介绍来一单生意，他带着他的朋友来店里说："这是我初中同学阿良，要结婚，要办个全套的，成哥给便宜一点儿，好吗？"张成打量了一下阿良，小赵是瘦高的帅哥，阿良跟小赵比起来是又胖又矮，眼睛很小，但是留着今年最流行的韩式偏分发型，笑嘻嘻的，看起来圆滑而老练。张成说："当然给打折啦，我跟光子是多年的哥们儿，得给小赵这个面子，阿良你看看，这是我们全套的价格，包括婚纱、造型、婚礼跟拍和林肯车。"阿良认真地看了一遍价格说："嗯，这些都要，那个MV不用，婚礼跟拍一定要多给我拍照片，这个太重要了。"张成说："那行，那就给你打个八折。"

婚礼那天，造型师给新娘做好造型，林肯车拉着新郎新娘先去法院宣誓。张成看了下，来宾都是新郎这边的朋友，年级都比较轻，也就二十出头，都还在上大学，而且都是小赵福州的同乡。除了新郎阿良偏胖之外，其他的小伙儿穿上西装，一个比一个帅。新娘这边只带了一个女性朋友，没有其他亲友。跟小赵他们不同，新娘和她朋友是用英文交流的，一看就是当地的CBC，而阿良说普通话都有点儿闽南味，还有点儿大舌头，看那样儿，英文肯定不行。所以张成觉得这对新人有点奇怪。

左左拍完法院的婚礼后跟张成说："新娘全程不笑啊，跟我欠她钱似的，你去跟新郎说说，一会儿酒席的时候让新娘笑笑，我抓拍几张。"张成去找阿良说这个事情，阿良说："我尽力吧，成哥，你一定让摄影师多拍照片啊。"张成说："没问题，你放心吧。"

阿良摆了两桌酒席，除了张成、左左和造型师，剩下的都是阿良喊来的朋友和几个福建老华侨。新娘的家人还是没有来。张成有点看明白了，他问小赵："你这个同学是不是假结婚啊？"小赵"嘘"了一声，然后凑到张成耳边小声说道："是的，成哥，你可千万别跟其他人说啊。"张成说："放心吧，哥懂的。哎，我问你，你同学给了那女的多少钱？"小赵说："我也不知道，他没告诉我，估计没有5万，也得3万。"张成点了点头，心里想：怪不得要多拍照片呢，原来是要递交给移民局看。这小子真精，婚礼做得比真结婚都像那么回事儿。

由于最近单比较多，刨去成本后，张成和小翠手里也有了一些现金流，他给小翠讲："现在店的宣传已经遍及到留学生圈儿和大陆新移民圈儿了，因为这个群体都用微博。但是当地的广东人圈儿和台湾人圈儿并不完全知道我们，所以我们得乘胜追击在当地报纸上打广告。"而且，他俩得换个房子住，那个小屋由于无良房东在改厕所，弄得屋里都是粉尘。张成找到旁边楼转租出来的一居室，在一层，还带一个可以烧烤的大阳台。价格也仅仅比之前小屋贵两百多块。小翠同意了。

搬家那天张成还是找的老木。老木和张成来来回回搬了3趟。搬完之后老木对张成说："其实我今天感冒了，身体特别不舒服。但是我还得来帮你搬，因为我不像你那么不讲究。”老木还是对张成之前不带他去酒吧玩个痛快耿耿于怀。老木还说：“这辈子只有我说你不讲究的份儿，没有你说我的份儿，所以我感冒我也得来。”说得张成有点感动。

搬好家，李笑笑和乔雨从南岸的别墅给张成和小翠送来一个大玻璃圆桌。乔雨还挺喜欢小翠的，下课没事儿就来店里找小翠化妆做造型。这样大家可以来张成这聚了，毕竟是市中心，她们放学后来这玩很方便。张成去唐人街买了羊排，回家切成块，先在锅里煎熟，然后用竹签子穿成串儿，撒点孜然和辣椒上去，放进烤箱里烤5分钟，新西兰羊排挺肥，油都烤出来了。张成再把意大利面煮好，拌上麻酱辣椒，切点黄瓜丝上去，一顿烤羊肉串加拌面就做好了。张成和小翠来了个二人晚餐。两个人吃得肚子都圆了。小翠说：“老公，这是我这两年吃得最香的一顿饭。我爱你。”

刘宇的超市生意经过一年的经营也步入稳定。刚刚接手的前半年，由于刘宇要熟悉业务和进货流程，所以根本就没赚到钱，因此小合伙人要撤股。刘宇把小合伙人之前投入的4万加元折成2.5万加元给了他，不接受的话一分也拿不到，小合伙人只好答应。超市的业务熟悉后，营业额也逐渐稳定下来，每个月的营业额能达到10万加元左右，如果自己看店不雇人，每个月的纯利能达到六七千加元，这个收入在加拿大还是很可观的，只是一周七天看店很辛苦，所以刘宇还是雇了个人给他换班。

秀杰的朋友跟张成说他老乡是蒙城市中心美发店“形象设计”的老板，说周末一起吃个饭，看看能不能合作。张成知道这家美发店在留学生圈儿中还是挺有名气的，那就认识下呗。

64

张成赴宴，饭局是秀杰的朋友攒的，他也找过张成和左左帮他和他媳妇儿拍了婚纱写真。他的媳妇儿有点名气，刘宇认识，上海大户人家的千金，个子很高挑。母亲是上市公司老总，来头很大。他饭桌上做了介绍："这是我的朋友洛奇，形象设计的老板。这位是张成，Anna Zhang Couture的老板。"

张成瞄了瞄这位洛奇，人很高，有一米八，长得有点像黎明，谈吐很斯文，斯文到已经有一点儿女腔。但是目光很坚定，张成感到这个洛奇思维应该很清晰。大家聊了聊做造型的事情，洛奇邀请张成有空去他们店里理发，他说："店里有个日本发型师水平不错。"

过了几天，张成赴约去洛奇的店里理发。洛奇的店在酒吧一条街，靠近Sherbrooke大街，店面很干净，装潢错落有致。店内的设备都不错。洛奇让洗发小妹给张成洗发，还带头部按摩的，这在蒙城的服务业里很少见。洗发小妹是华人高中生，过来打工。洗完头发后，洛奇安排日本发型师为张成理发。还别说，日本发型师剪得还真细致，剪完之后，张成帅气了许多。张成觉得洛奇这店管理不错，服务很周到，而且店里员工都很谨慎，不聊天，专心服务，跟张成店里造型师、摄影师打成一片的热闹景象完全不同。张成感觉可以从洛奇这里学些管理上的经验。

晚上，两人去酒吧喝了两杯，对蒙特利尔华人服务业这块进行了深入探讨。张成直言不讳地对洛奇的管理表示赞赏。洛奇微微一笑。他说对张成的营销炒作能力非常佩服，特别对张成微博营销的影响力大加赞赏，他说他这边的客户基本上来店里也会提Anna Zhang婚纱店的事儿。两人酒喝得正酣，洛奇适时地说了一个寓言，说张成是一条大河，能驾驭大风大浪。但是大河在开始的时候也是由涓涓细流汇集而成。而洛奇说自己就是一条涓涓细流，而张成是那条大河。他这话正中张成下怀。张成一直觉得单打独斗非常困难，如果几家店结成联盟，绝对会产生1+1大于2 的效果。张成觉得洛奇很有水准，希望他能助自己一臂之力。

张成会关注蒙城其他做营销的活动。最近有一个非常大型的活动举行，有200人参加。这个活动是由康大学生会主席赵原则举办的彩弹活动。活动在网上做了大量推广，张成为了一探究竟也报名参加了。绝大多数参加者都是康大和麦基尔大学的留学生和CBC。张成在里面比平均年龄能大个六七岁。整个活动的组织做得很好，这让张成对赵原则非常佩服。因为张成刚到蒙城留学的时候，康大中国学生会只有两个老移民在那租录像带，现在赵原则能组织起200人的大型活动，这可蕴含着很大的商机。于是张成找到赵原则，开门见山："康大中国学生会没有你，绝对办不出这样的活动。"赵原则问道："你怎么知道的?"张成笑着说："因为我暗中观察过你。我是Anna Zhang的老板。"赵原则两眼冒光说："MV就是你拍的？太厉害了，我们全看了。"张成说："走吧，一起喝一杯。"

赵原则是山东人，跟着父母投资移民来的蒙城。张成原来在大街上就见过他。他比张成小四岁，因为同是北方人，所以两人喝点啤酒，彼此就熟络起来。赵原则给张成讲他怎么一点一点把康大学生会做大。二人一见如故，约着以后一起喝酒，张成知道蒙城的学生群体消费能力还是不错的，要做这方面的生意，赵原则一定能帮得上忙。

小翠在店里接了个活儿，每年一度的蒙特利尔华裔小姐大赛就要举办了，参加比赛的北京女孩来找小翠做造型，发型和定妆都让小翠来做。小翠也不含糊，做得非常好。北京女孩人很高挑也很漂亮，在5名参赛选手中鹤立鸡群，靠实力的话肯定是冠军，但是冠军被另外一个广东裔女孩夺走，主要是广东女孩拉来了更多的赞助。这个选美大赛的主办人是个广东华侨老太太，她每年就靠组织这个活动赚一笔。

65

张成那次参加赵原则组织的彩弹活动，被敌军爆头，加拿大的彩弹跟国内的不同，是真的彩弹，弹里有染料，张成戴着头盔躲在障碍物后，刚一冒头，被很远地方的狙击手射来冷枪，张成眼看着彩弹打在头盔眼镜的眉心，染料四射。张成想，这如果是真的战争，那自己已经没命了，感谢现在是和平年代。被“打死”的张成很受触动，想回店里跟小翠煽煽情，一回去发现老客人张翔和思琴正在店里。

张翔和思琴是4月份结婚的老客人。思琴是北京人，上的人大附中，后来随父母移民到加拿大，读的麦基尔大学，是个高才生。思琴身高有一米七八，张成小姑家的表妹也是北京人，也是一米七八，所以张成见到思琴感觉好像见到自己的妹妹一样。张翔是石家庄人，本来是个富二代，先去的多伦多读高中，但是五年前做房地产生意的母亲卷入了贪腐案件，突然一天，国内的亲属就都失去了联系，他的银行账号也被查封。本来多金的他突然变得身无分文，只好只身一人来到蒙特利尔打工，维持生计。张翔尽管比张成小四岁，但是他经历过的极大落差使他早已看清了人间冷暖。由于三个人都在北京生活过，所以一聊起来十分投机，由于张翔工作的饭店离张成的店不远，张成总叫张翔来店里玩玩，疏解疏解他的愁绪。

洛奇的店以出免费造型的方式赞助了麦基尔大学中国学生会组织的“非诚勿扰”。洛奇邀请张成一起去参加。会上，洛奇小声地对张成说：“知道为什么我把店开在酒吧一条街而不是唐人街吗？因为酒吧一条街在康大和麦大之间，这样，两个大学的中国学生都可以选择来我的店。”张成心想洛奇还真有心眼。洛奇说：“明年我们一起合作，这种活动肯定也有你们Anna Zhang的份儿。”张成觉得洛奇在商业上的确有独到的见解，人也很斯文，但是接触几次，他从来没有情绪上的波动，很难看透。

张成觉得康大和麦大两个大学的学生的确是块肥肉，尽管学生没到结婚的年龄，但是也不能放弃这块市场。MV的报价有些贵，学生有感兴趣的，但是没人掏钱。不过倒是有留学生来找左左拍写真，这是业务上的一个突破。为了更好地了解学生经济，张成还是找了赵原则。

有一天，赵原则让张成去桌球酒吧找他，张成带着洛奇一起去。赵原则说：“成哥你一定过来，我今天叫了蒙城第一美女！”张成说：“真的假的，还有人敢说自己是蒙城第一美女?”

到了店里，张成看了看那女孩，女孩叫徐文倩，个子挺高，穿了一身Juicy的粉色宽松运动装，长得很清爽。徐文倩跟张成握了握手，然后对赵原则说：“那我先回家了，晚上10点我再出来找你们。”赵原则跟张成说：“晚上一起去蒙城最高的737Club。”

徐文倩走了之后，张成对赵原则说：“长得还行，但是也不至于像你说的是蒙城第一美女那么夸张。”

晚上10点的时候，徐文倩打电话让赵原则他们在St-Laurent大街等她。她开车过来，副驾驶上坐着她的闺蜜。张成、赵原则和洛奇三个男的坐到了车的后面，出发去Club。徐文倩就像换了个人一样。白天她是素颜出来的，晚上上了妆，黑色的眼睛炯炯有神，烈焰红唇，乌黑的长发扎了个马尾，很有弹性。上身穿了紧身黑色皮夹克，下身穿着豹纹包臀短裙，高跟鞋使得本来就修长的双腿更加高挑。徐文倩和她的闺蜜走在前面，张成被她玲珑的身材吸引到了，目光落在徐文倩的豹纹短裙上，徐文倩美丽的臀部曲线尽收眼底。张成快走两步，走到徐文倩的右方说："我是不是在哪见过你？工体？"

徐文倩看了看张成，说："有可能。"

五个人上到了蒙城最高楼顶层的737 Club。Club里基本上都是白人，没有亚洲人。几人喝了一点儿酒，徐文倩和她闺蜜就走到了舞池里。在Club的灯光下，徐文倩光彩夺目。其他白人女孩跟她一比，瞬间都变成了土妞。几个白人老外马上凑到了徐文倩四周。赵原则看到这一幕，跟张成说："咱们得过去，不然这帮老外就贴上去了。"三人来到了徐文倩和她闺蜜旁边，洛奇占到徐文倩面前，徐文倩没搭理洛奇，一转身很自然地站到了张成的前面，背对着张成。

伴随着音乐的节奏，几人舞动起来，由于舞池里人很多，徐文倩和张成贴得很近。徐文倩扭动的身躯散发着十足的女人味。徐文倩的豹纹臀部蹭到了张成，张成一时间有了生理反应。此时，张成脑海里出现的是小翠还在店里给客人改衣服的画面。张成想，对不起小翠可不行。张成在嘈杂的音乐声中对几个人喊："我累了，不跳了。"便撤了出来。不一会儿，徐文倩她们也不玩了，赵原则提议去KTV。

几人开车到了KTV，徐文倩和她闺蜜唱了两首英文歌，很地道。张成唱了首拿手的中文歌，然后洛奇也点了两首中文歌，尽管唱的不怎么样，但是很卖力，高音都破了。张成这时看出来洛奇的心思："这是雄性动物在漂亮的雌性动物面前较劲呢。"张成想，这么多天都没有过情绪波动的洛奇，终于有点露出迹象了。

过了两天，张翔在饭店炒完菜来张成这聊天。张成给他讲了经过。张翔说："洛奇是奸商，特别爱杀熟。"他的这句话给了张成一些警示，但是毕竟现在还没看出洛奇有什么破绽。

张翔国内家里的事情在一年前摆平了，所以母亲给他汇了笔钱过来让他买房买车结婚。张翔买了一辆EX35，不是很高调。赶上一个周六，张成和小翠店里没有婚礼要做，思琴和张翔邀请小翠和张成一起去Mont Tremblant赏枫。

66

秋天这阵子生意很好，每个周末都会有一到两个活儿，所以左左没闲着，每周都有钱赚。左左是吉林人，性格有些大大咧咧，好多艺术家都会有一点恃才傲物的感觉，他也不例外。由于张成得给左左打下手，比如摆反光板一类的，所以左左时不时会冒出几句话引起张成的注意。因为最近一段时间张成的店很火，所以已经有消息传到张成这儿，有几个新移民想合伙开一家婚纱影楼，跟张成的店抗衡。张成的店现在已经是整个蒙城华人婚庆行业的半壁江山，但凡是要结婚的华人，必然要到张成店里咨询一下的。而且，张成的店有其他店没有的优势。一是地理位置非常方便，就在康大地铁站边上。康大这里本来就是留学生和新移民聚集的地方；二是店内婚纱礼服款式都是最新的，正常情况下可以满足客户的所有要求；三是小翠心灵手巧，既有亲和力，又能改婚纱，这可省去了大量的裁缝成本；四是目前来讲，左左的水平是超婚纱摄影的水平，是商业摄影的水平，其他的蒙城摄影师加一起，也敌不过左左的商业价值。

前面三个优势，张成不担心，张成主要就是担心左左这块。现在左左通过张成店的客户，已经积累了一定的名气。如果左左要单干，或者其他人要挖他的话，对张成非常不利。其他人挖他，张成会有一些损失，但是毕竟张成有生意的话，叫左左过来，左左也不会跟钱有仇，但是左左如果要单干的话，那张成损失会很大。他得提前做好准备。

临近万圣节，赵原则再次组织大型的华人学生狂欢party。张成让小翠去洛奇那儿换个发型。洛奇亲自给小翠剪。别看洛奇剪男头不怎么样，把客人都推给日本发型师，但是剪女头，他很拿手。张成看得明白，女士容易二次开发，烫发，染发。所以洛奇在女士身上很下功夫。小翠换了新发型后，又漂亮了不少。这个发型是韩国女子组合T-ara主唱留的发型。小翠人瘦高，留个时髦的发型，不比韩国女星差。张成问小翠："洛奇收钱了吗？"小翠说："没收。"张成说，那请洛奇来家里吃顿饭吧。

洛奇受邀来到张成家里吃饭，张成做了三个菜，准备了些啤酒。大家边吃边聊，聊着聊着说到了做造型的事情。小翠说："蒙城华裔小姐选美亚军的造型是我做的。"洛奇没有什么表情说："那个冠军的造型是在我店里做的。"张成知道冠亚军都是那个老华侨内定的，但还是恭维洛奇说："嗯，看来还是你们店里做的造型牛呀。"洛奇看了看小翠说："以后有婚礼造型可以介绍给我们，我们收的费用高。"张成对小翠说："对呀，以后别给新娘免费做造型了，得收费。"

洛奇苦笑了一下，说道："你再免费做造型，我这店就得卖了。"张成敏锐地发现，洛奇抛出了一个重要的信息。洛奇店里之前有好多做婚礼造型的客人，这块蛋糕还是挺赚钱的。这些客人肯定要买或者租婚纱，所以一旦到小翠店里咨询，小翠就免费给人做了，所以这块生意全让小翠给抢走了。张成想到这，说："你这店弄得这么好，得卖多少钱呀？"洛奇说："10万。"张成说："这么便宜，我还以为得15万呢。"洛奇说："你们做得这么好，要不你们买下来也行，我给你便宜点。"张成说："那行啊，看来我得重新好好考察下你的店。”

次日张成带着左左一起去洛奇的店考察。洛奇店的面积大，空间大。左左早就跟张成说过，婚纱店的空间不够大，所以即使把东西挪挪也做不了摄影棚。所以张成让左左去看看洛奇的店，即使不买洛奇的店，也可以把那里做摄影棚备选地址。

洛奇那儿生意还挺红火，有做头发的，有做美甲的。既然洛奇说了想把店卖给张成，所以张成也问了问房租，每个月1500元，这个价格还是挺公道的，洛奇把后面的储藏室改成了卧室，这样省了居住的房租，要知道downtown的一居室可要1000元。所以这么算的话，如果理发店的收入能抵掉理发店的房租和运营成本的话，张成算是白捡个摄影棚和卧室。蒙城的冬季很长，从12月到4月都是冬季，如果没有摄影棚的话，婚纱摄影和写真这块的生意可就停滞了。更让张成害怕的就是如果不赶在左左自己干摄影棚之前把摄影棚开出来的话，左左没有任何竞争压力。谁先开出来摄影棚，谁就是第一个吃螃蟹的人，那第二个就要掂量一下要不要也开摄影棚相互竞争。

站在左左的角度讲，张成开摄影棚的话，左左依然有饭吃，从张成这儿拿活儿就行。但是左左自己先开摄影棚当老板的话，对张成的婚纱店将是很大的威胁，因为左左也可以从国内进一批婚纱抢张成的市场份额。想到这，张成无论接不接洛奇的店，他都得赶快弄个摄影棚出来，防止左左单干。

张成店上面的十字路口有一个裁缝店，店主是个伊朗老太太。她找张成说她要退休了，去洛杉矶找她女儿一起生活，但是店的租约还在身上，问张成能不能接下来。张成正在考虑摄影棚的事儿呢，就跟着老太太去看了看。店面在Guy街和Sherbrooke大街的交界的东北角，是一栋红色的三层建筑。外观上看是巴洛克风格，半地下是一家眼镜店，老太太的裁缝店在一层，有大玻璃窗，老太太在窗口摆了件波斯风格的婚纱，店里面有一个大缝纫机，一个写字台，一个单人沙发，还有一个中式的屏风，屏风上面有竹林的图案。张成仔细丈量了空间的大小，还真符合左左说的摄影棚的大小。而且这屋是欧式的，张成特别喜欢。

张成很感兴趣，让老太太跟房东问问确定能不能转Lease，回头告诉张成。洛奇那边，张成觉得讲价估计也讲不下多少。张成知道洛奇有一辆宝马3系双门轿跑，值3万加元。于是跟洛奇说，店加上宝马车打包价10万。洛奇说这个价格杀得太狠，11万吧。张成说那咱们再商量，你先把车借我开开，看看性能。洛奇心里还盘算着卖店呢，就把车钥匙给了张成。

张成打电话给国内的父母商量了一下，父母觉得风险挺大，父亲认真地跟张成讲不能出资支持他接手洛奇的店，于是张成也就打消了这个念头，还是看看能不能把伊朗老太太月租700的裁缝店盘下来吧。

张成尽管是东北人，但是心思还是挺细腻的，对事物非常敏感。他上次带左左去洛奇店里，也是想试试看洛奇会不会私下联系左左。果然被张成猜中了，没过一星期，洛奇的Facebook的头像就换成了一张非常艺术的黑白写真，而且店员也拍了大合影，这水准一看就是出自左左之手啊。更何况张翔去洛奇那剪头，看见左左在那调试灯光来着，回头就来张成店里告知张成。张成觉得，即使大家不是商业上的伙伴，也是朋友，找我店里的摄影师拍照片的话，可以光明磊落地跟我打声招呼，如果绕开我，私下勾搭，那肯定有不可告人的目的。张成趁着左左那天来店里结工钱，问左左怎么给洛奇拍了照片。左左也知道这事儿绕过张成，有些不地道，所以略显紧张，说了句："他求我拍照片，我就答应他了，这人看着挺狠的，我不敢得罪他。"

67

万圣节到了，赵原则组织的康大麦大华人学生化装舞会在737 Club举行。小翠邀请了左左的媳妇儿和乔雨一起参加，她们一起在店里做了造型，还去洛奇那里做了美甲，晚上开开心心去参加party。张成也去转了一圈儿，晚上跟小翠一起回家。

随着张成网络推广的持续发酵，时不时有文艺青年来店里表示要学习和实践。于是张成在Anna Zhang 官网上的人才招聘上发了造型助理的实习生职位，其实就是在店里帮帮忙。张成认为，想把店做大不能锁死在夫妻店的模式上，应该广纳人才，反正平时也不给开工资，都是按活儿算钱。这样的话，不管店里缺了谁都可以照常运营，除了像左左这样的大师要特殊照顾。

这天有个女孩打电话来应聘实习生，张成说去星巴克面试。那天下雨，女孩进入星巴克。张成打量了一下，还算是个漂亮姑娘，身高一米六，长发，大眼睛，上身穿皮夹克，下身穿牛仔裤。女孩做了自我介绍，叫Vivian，来自云南，在college读设计，想在店里学习造型。Vivian说话嗲嗲的，超出了张成的预期。Vivian说："我看过店里的写真，觉得特别好，我也想拍两张。"张成想想，让这女孩干活，也不给她工钱，那不如找来店里报名要练手的摄影师免费给她拍几张，于是就给这女孩拍了几张都市街头写真。

由于生意越来越好，张成手里的盈余越来越多。张成知道这跟三个月前Ryan帮自己拍的那个MV有很大的关系，没有那个MV，张成的店不会迅速一炮而红。所以张成请Ryan出来喝酒，张成看Ryan对Vivian的印象不错，就叫Vivian一起。他们三个去了downtown东边的St-Laurent街，这条街从Sherbrooke街交叉往北是旧的蒙特利尔法裔居住中心，所以不管是酒吧还是餐馆都有浓浓的法国情调。张成过去几年都很少来这边混，因为一直住在downtown西边康大附近的公寓区。晚上8点多，张成、Ryan和Vivian走进了一家很有旧格调的酒吧，张成最近手里现金多了，自然膨胀起来。他想想自己是老板，带着员工出来喝酒，得潇洒一点，于是直接跟服务生点了两瓶红酒。三个人陶醉在法语的歌声中，碰撞着红酒杯。

李笑笑给张成打电话说："Steven他姐在唐人街开了家KTV，今晚咱们去捧个场。"让张成带个妞去KTV，张成就叫了Vivian和洛奇。张成和Vivian来到坐落在唐人街红宝石楼下的这家KTV。店里生意还没做起来，所以老板娘让李笑笑带点人气。李笑笑看张成带了个漂亮妞来，很是高兴。Vivian和李笑笑玩骰子喝酒，Vivian哪是李笑笑的对手啊，你一杯我一杯，喝着喝着Vivian就要吐了，Vivian在旁边拉了拉张成说："我有点想吐，你陪我去洗手间吧。我自己不敢去。"今天整个KTV里只有张成他们一个包厢有客人，所以整个场子有点空，出了包间的确有些瘆人。张成跟着Vivian来到洗手间，扶着Vivian让她把酒吐出来，但是Vivian"啊"了几声没有吐出来，张成帮她拍了拍后背，还是没有吐出来。Vivian起身把脸转向了张成说："我好害怕，我一个人来到这个陌生的城市，觉得心里空空的。"张成看了看Vivian深情的双眸，抱了抱Vivian说："没事儿，还有我呢。"张成顺势坐在了马桶盖上，Vivian跨在张成的腿上，抱着张成哭了。张成可以闻到Vivian头发的芳香。Vivian的身体凹凸有致，而且很柔软，张成搂着Vivian的细腰，他能感到Vivian的双峰贴在了自己的胸前。张成这时完全可以把手伸进Vivian的衣服里，但是张成知道自己已婚的身份，而且觉得跟Vivian也才刚认识不久，不想捡这个便宜。张成拉着Vivian回到了包间。李笑笑看两个人拉着手回来了，笑着说道："有情况啊。"洛奇这时趁大家不注意，拿手机偷拍了一张张成拉着Vivian手的照片。party结束后，李笑笑把Vivian送回了她住的地方。张成也回家睡觉了。

刘宇的移民身份终于办下来了，前两次刘宇都是以夫妻移民一同申请，没有批，第三次律师出了个主意，让刘宇自己单独申请移民，这样才给批了。

刘宇在老港那边买了一个公寓，这个公寓是从六层往上开始住的。因为一到五层，几十年前是蒙特利尔有名的工厂，所以现在是蒙特利尔市政府推出的旧工厂翻新加盖公寓计划中的一个项目。刘宇买的是一个开间，开放式厨房和屋子连在一起。墙面是颇具艺术感的水泥墙面。刘宇的家具和电器都非常现代，和这个屋子完美结合，刘宇再把之前画家留给他的那两三幅抽象画挂在墙上。整个屋子的艺术气息又有了新的提升。

张成生日是11月11日，这年正赶上2011年11月11日，网上说100年只有一次六个"1"连一起。张成想，这辈子就这么一次，生日得大过一下。正好把蒙城做服务业店面的几个老板找一起聚聚，看看能不能形成个80后商业联盟。于是他写好请柬，让Vivian逐个送去。张成那些朋友看来个美女给送请柬还挺高兴，都说一定赴约。

张成在美食坊摆了4桌，一共40人。美食坊的少东家答应红酒以进价卖给张成，随便喝。跟张成坐一桌的除了小翠、刘宇、赵原则、洛奇、乔雨之外，还邀请了在唐人街和市中心有两家做了多年服饰生意的沈经纬、姚婷夫妇。沈经纬和姚婷是和张成同一年来蒙城求学的，他们的圈子当时全是上海人，这两人感情特别好，两人商量，姚婷攻读大学，毕业了办移民，沈经纬不读大学，直接在唐人街开店做生意，姚婷办好移民身份后给沈经纬办了个团聚移民。

第二桌是Anna Zhang店里的摄影师造型师们。这一桌全是穿皮夹克的文艺青年，由左左和太太领衔。这一桌的装备可不得了，四台5D Mark 2，还有两个莱卡摆在桌子上，这些机器比张成身家都贵。

第三桌和第四桌是张成和小翠的客户和朋友，张成在纽约摩根士丹利上班的表妹带着男朋友开车从纽约过来给张成庆生。张成安排张翔和思琴照顾妹妹和妹夫。

生日局刚一开始，张成自己先干为敬："祝大家今晚喝得开心！"之后就一发不可收拾了，朋友们争先恐后来敬张成酒，张成没过20分钟就倒下了，刘宇过来跟敬酒的朋友说："别让他喝了，张兄不行了。"

68

大家吃得非常开心，红酒喝了不少。朋友们都给张成带了生日礼物。张成喝多了，睡着了。小翠也喝多了，比较兴奋。

张成之前已经联系好附近一家香港人新开的酒吧，上下两层，张成跟香港老板说把楼上包下来，因为楼上有卡拉OK系统。香港老板是新开业，酒牌还没有申请下来，本来不可以卖酒，但是张成说把二层包下来，那没有其他客人上楼，老板就同意到时候卖酒给张成。但是老板没有想到浩浩荡荡来了30多人。这么多人喝起酒来控制不住，那无牌卖酒的事儿闹大了的话，不仅要吊销营业执照，还触犯加拿大法律。所以香港老板觉得风险太大，决定只卖奶茶给张成。

不喝酒，唱歌自然不能尽兴，张成和刘宇在下面跟香港老板沟通的时候，楼上的朋友们开始抱怨。于是小翠怒气冲冲地冲了下来，老板解释了一下为什么不卖酒，小翠喝多了，已经不能控制自己，当着朋友们的面大声对张成嚷道："你为什么选这个垃圾地方！"张成很惊讶，今天自己过生日，自己媳妇儿居然不给自己面子。一旁的香港老板听这话很刺耳，压低了声音对小翠说："你怎么这样讲话。"此时小翠已经疯了："你这个地方就是垃圾！"刘宇见情况不妙，赶紧强行把小翠扶了出去。张成跟香港老板说了声"抱歉”，把奶茶钱结了，带着一行人去了M box KTV。

朋友们在屋里唱歌，张成喝多了，坐到了KTV走廊的过道上，从开始患上抑郁症，到逐渐把店做起来，到现在生意红红火火，他却始终没能跟小翠彻底交心，总感觉小翠听不懂自己的思路和想法。小翠是个很能干的女人，什么活儿交给她都能干好，只是思维有局限，不懂张成。想到这，张成泪如泉涌，放肆宣泄。

伊朗老太太给张成回复了，房东不同意她转lease，但是房东让她带个话，楼里面还有一个房间空着，不靠Sherbrooke大街，窗户靠北，可以租给张成，房租便宜，每月只要600元。张成去看了一下，棚够高，房间也很典雅。这个地理位置也非常好，离张成的婚纱店只有100米。张成很开心，马上跟房东约了时间见面。

别看只是租这么个房间，房东可是个大房东。房东是Sherbrooke大街上有悠久历史的Cantlie大酒店的老板。Cantlie大酒店里可长期住着加拿大总理小特鲁多的父亲，前任加拿大总理老特鲁多。房东约张成到他酒店里的办公室见面。张成想：见这样的蒙城名流商人可得穿正式点，他带上自己在大学时做报税生意时的助手Andy。

房东是犹太人家族企业，老父亲早年闯荡蒙特利尔和纽约，现在已经退休了，现在管事儿的是30多岁的少东家。少东家文质彬彬，跟张成之前想象的大亨形象一点儿也不符，戴个黑边眼镜，说话慢条斯理。少东家看了张成的Anna Zhang网站上的照片很是赞赏，表示愿意把房间租给张成做摄影棚。张成让Andy看了合同，准备后天签约。

出了酒店，张成跟Andy说，真正的富二代跟咱们想象的真不一样，一点儿也不傲慢，那么平和，那么低调。张成给Andy讲了洛奇的算盘和洛奇私下联系左左的事儿。Andy在康大学的是会计专业。张成说："你去他店里跟他说你是我找的审计，审审他的账本。"Andy心领神会，于是找了个时间，西装革履披着风衣走进了洛奇的店里。他说明了来意，洛奇看着Andy的金边眼镜蒙了，心虚地说："我没有正式的账本，就是每天营业额记录一下。"洛奇想：这张成从哪儿找的职业审计，这一审，我的真实营业状况不就露馅儿了嘛，哪有我说的那么漂亮啊。看来这店是卖不成了。

张成跟房东签好合同，还是要到了一个月装修的时间，其实也没什么好装修的，房间贴贴壁纸，装个水晶灯，再进一些摄影灯和幕布就好了。张成准备在新年1月1日开业，并且在当地最大的收费报纸《路比华讯》上登个全版面广告，包婚纱摄影套餐和写真套餐都放上去。张成挑了四张新郎新娘都很漂亮的照片放在了广告上，其中有三张是左左照的。

张成开摄影棚的广告出来后，好多朋友打电话过来说看到了大版广告，洛奇自然也知道了，还给张成发短信说怎么也不叫他参加开业party。张成开业的时候的确叫了些朋友，没叫他是因为他本身就是竞争对手，不想看他演得太累。元旦第二天就有一家新移民坐着地铁来到张成摄影棚这边来照全家福，由于这种全家福也收不上价，张成就自己上手打上灯光拿单反相机给拍的照片。这家新移民是夫妻两人带着小孩，小孩的姥姥姥爷也过来拍照。外面天很冷，还下着雪，两位老人进来脱下棉袄，老先生穿着蓝色的中山装，一头白色的短发，微黑的皮肤。他一张口就是浓重的山东口音。张成虽然不是山东人，但是听到这么浓的北方方言依然感到非常亲切，张成给他们全家排好了位置，照了几张。

小翠对张成招助理的事情本来并不反对，但是自从那次生日之后，小翠听到了一些传言，洛奇给小翠看了张成在KTV里跟Vivian拉手的照片。洛奇得知张成自己开了摄影棚，并不会买他的店之后，用了很阴的一招。他委婉地告诉小翠，张成现在有这么多造型师，还有女助理，就是要架空小翠，店里没有小翠都能正常运营。

小翠性子那么急，哪能受得了这话，回头就跟张成说了。张成诚恳地对小翠说："你我是夫妻，不管有怎样的矛盾，你一定要相信我。现在我们生意比以前好，也开了摄影棚。好多人都眼红，特别是洛奇。所以他是带有商业目的跟你说这些话的。你记住，你要相信我。我们是一家人。"小翠当时相信张成说的。但是洛奇的话在小翠心里埋下了一颗种子。至于Vivian，张成让她暂时不用过来了。

洛奇打电话过来跟张成要之前喝酒借给张成的几十块钱。张成一看是洛奇的电话，心想：这人，挑拨我和小翠的关系，还敢来电话。张成把电话挂了。洛奇缓了几十秒又打来电话，张成接起来说："以后不要再给我打电话！"洛奇再也没联系过张成。没过几天，听说洛奇被几个广东人打了，他跟其他人也有过节。

左左看到张成的大版广告上有他拍的三张照片，很是光火，让他媳妇儿来跟张成说："左左说那是他的著作权，怎么能随便发广告呢？"张成说："这不是给我们店里拍的婚纱照吗？还用跟你打招呼？"其实张成知道左左生气不只是为这事儿，是因为张成开了摄影棚，左左自己就没必要再开了，这样以后自己做不了老板，还是得跟张成干活。

一月二月，蒙城大雪纷飞，是结婚的淡季，小翠回趟国看看父母，也去看看张成父母。张成接了几个摄影棚的活儿，都是来摄影棚拍婚纱照的，都不是婚礼大活儿，也没有要出去拍景的。张成就先用用小摄影师，让左左冷静冷静。后来有一个唐人街的女孩要拍芭蕾照，钱是他男朋友付，给得不少。张成给一个月都没联系的左左打电话，试探地问问他接不接。左左社会上也混了多年，不会真跟张成翻脸。

张成的微博营销做得很好。国内好多人在微博上搜索蒙特利尔的时候都会搜到张成的店面微博。有一位武汉的大哥给张成发私信说：“朋友，您好，我的老婆和女儿在蒙特利尔生活，周六是我老婆的生日，我想送她一束玫瑰，请问您能不能帮我？多少钱我付给你。谢谢啦，拜托了。”张成觉得很高兴，这件事说明他的微博营销很成功。张成去Atwater Market买了十多支玫瑰，包成花束，坐橙线地铁去给武汉大哥的媳妇儿送去。武汉大哥的媳妇儿在没结婚之前就自己办了技术移民，现在独自带3岁的女儿在蒙城生活。她们和朋友合租在一所公寓里。

张成生日之后，跟小翠的关系有点像冷战，没有太多交流。张成觉得这跟以前有些不一样，以前虽然会有激烈的争吵，但之后小翠会找着机会收拾张成，但是这次小翠好像没劲儿了一样，不太愿意跟张成吵了。张成找话跟小翠说，小翠也不太搭理他。所以张成也没有跟小翠深入交流的机会。这时张成想到了刘宇，让刘宇去和小翠聊聊。其实，小翠还是对洛奇说的张成要架空她的话耿耿于怀，而且张成越来越膨胀了。刘宇跟张成虽然是好兄弟，但是关系没有两年前那么紧密了。他怕真话会把张成弄得很尴尬，所以对张成说：“小翠对女助理的事儿有点放不下，你以后多关心关心她吧。”

刘宇在跟小翠聊天的时候，张成独自去了康大语言学校旁边的绿房子，绿房子二层是各种快餐，住在附近的留学生会经常光顾，美食广场的西北角有一家店叫宝岛台湾，开了已经十多年了，张成留学的时候就经常来这家店吃肉燥饭或者猪扒饭。老板来自高雄，全家是2000年移民到蒙特利尔的，当时开了这家正宗的台湾小吃，老板已经50多岁了，个子不高，有点胖，喜欢戴个鸭舌帽，说普通话是闽南腔的。张成点了个肉燥饭。老板对张成说："下个月我们就关店了啊。"

张成很是惊讶，问道："啊？为什么呀？"

"现在米价肉价都涨得太厉害，我们半年前已经干一天赔一天了。所以把这家店关掉。我女儿在Verdun的饭店还开着，我们去那边做。"

张成听了这话有些失落，毕竟在这里吃了十年，现在要和一个味道告别了，心里有些惋惜。但是张成也理解台湾老板的决定，现在蒙特利尔的经济差得不得了，连St-Catherine大街上的店都是一家接着一家倒闭，政府除了收税厉害，根本就没有刺激经济的措施，真是昏庸的政府，搞得大小商家的日子都过不下去。张成对魁省非常失望。

69

小翠回大连后跟父母讲了张成招女助理，还在店里架空她的事情。小翠父亲大骂张成是混蛋。之后小翠去抚顺看望张成的父母，提出把张成沈阳的婚房卖了，然后在加拿大买房交首付。张成父母觉得这与当初结婚时的想法是完全不同的，当时想的是张成等小翠读完幼教，两人一起回国发展。并且，两人做了生意后，张成父母给了张成不少经济上的支持，现在要卖房在加拿大买房，他们是不会同意的，小翠嘴上不说，心里很是不悦。

小翠从国内回来后开始跟张成念叨："你不是觉得有我没我都一样吗？你等着，我哪天就去多伦多了，你不是造型师多吗？不需要我吗？咱们走着瞧。"张成对小翠这些说法表示莫名其妙。小翠还说："你让我干了两年活，都不给我发工资。"张成不明白，钱都在共同账户里，怎么还要给她发工资。其实小翠还想着给她父母担保移民到加拿大呢，没有家庭年收入就没法担保父母，但是她从来没跟张成说过这个想法。小翠想，如果不跟张成过了，就去多伦多找个工作，积累好个税，到时候把父母接过来。

有一对本地人在《路比华讯》上看了张成打的广告，决定让张成来办婚礼。新郎是台湾人，幼年随父母移民到蒙城，是家中独子，现在在南岸的一所小学任教，是数学老师。新娘是广东人，是家中的大女儿。张成这次兵分两路，张成带着一个造型师和摄影师先去新郎家，然后小翠去新娘家给新娘做造型。两支队伍忙了一整天。

婚礼晚宴安排在唐人街新盖好的一个商场五层的粤菜馆水天一色。在此之前，蒙城华人举办婚宴最高档的饭店是红宝石，张成客户的婚宴好多都是在那办的。自从有了水天一色后，张成就又转战到这里了。婚礼的摆桌还是按照广东人的习俗办的。与国内不同，咱们国内婚宴的主桌跟宾客的主桌都是一样的圆桌，只是位置离舞台最近而已。但是广东人的习俗是主桌由三个书桌大小的桌子连在一起放在台上，新郎新娘坐在中间的位置，双方父母分别坐在两边，特别像领导开会。起初张成还有些奇怪，但是办的广东人的婚礼多了，也就见怪不怪了。

张成来到宴会厅就找到自己的位子坐下了，然后和同桌的宾客聊聊天。小翠、左左和另外一个造型师还在忙碌。小翠看张成在座位上跟宾客嘻嘻哈哈，过来指责张成："你在这装什么老板呢，我们都在忙，你能不能也来帮帮忙?"张成觉得莫名其妙，摄影师和造型师都是付工钱的，自己没什么可帮忙的，就没有理会小翠。不过张成也看出来，小翠对自己的怨气越来越大。

有一天赵原则找张成喝酒，两人一直在酒吧喝到了晚上9点，回家后张成躺在床上，觉得特别口渴，特别想喝可乐。一摸兜里没有零钱，就跟小翠要5块钱。小翠说："你不能喝水嘛非要喝可乐。"张成坚持，小翠起身给他拿了现金。张成买好可乐，喝完就睡了。半夜的时候张成打呼噜，小翠本来就憋了口气，自己又睡不好，气急败坏，端起床头柜上的水杯，把水倒在还在打呼噜的张成脸上。

张成醒来，发现自己枕头都湿了，大骂小翠，起身穿上衣服，临走到门口，一脚踹在门口的鞋柜上，发出巨大的声响。小翠拿起杯子朝张成摔了过来，打在张成的腿上。张成说："你又动手。"他摔门而出，走出公寓，在雪夜里游荡。

张成自此开始去店里住，不再回家。

到了四月的时候，小翠真的走了，真的去多伦多了。张成不知小翠到底想怎样，他让小翠别走，但是突然有一天，家里小翠的东西就空了。小翠给张成发了短信："五月有两个客人的婚礼是她谈的。到时候会回来做造型。"

小翠回来后，一切照常，两人也没交流。有一天张成逛超市的时候，IGA超市的龙虾打折，张成买了两只，准备晚上跟小翠吃。张成那几天正在看李笑笑推荐给他有关东北生活的网剧，张成从小在东北长大，看这个看得热血沸腾。小翠坐在沙发上上网。两人几句不和又吵了起来。张成看网剧看得入戏，拿起身边装着两只龙虾的盒子扔向小翠。没想到小翠坐在那儿，眼睛盯着自己的笔记本，没看到张成扔盒子，盒子重重地砸在小翠的头上，小翠当时就有点晕了。张成一看，彻底蒙了，他想：完了，警察如果来，今晚要在监狱里度过了。小翠缓过来了，说："我得去医院。"两人打了辆车去皇家山上的医院，挂了号之后等了两个多小时才轮到小翠。小翠没说是张成打的。张成很内疚，跟小翠说："我先回去把两只龙虾做了，你回来吃。"张成这次觉得，两人的婚姻可能真的要走到尽头了。

70

小翠在医院做了检查，没什么事儿就回家了，张成把两只龙虾用姜葱炒了。小翠什么都没说，龙虾也吃了。张成也不知道该说什么，吃完饭也就回店里住了。

给张成介绍客户的小赵是个文艺青年，一直嚷嚷要跟张成店里的大咖学习摄影。一个周四，小赵叫张成去Club参加一个party。六七个人点了四瓶伏特加，大家一起喝酒，然后跳舞。席间来了个洋妞叫赛丽多娃。赛丽多娃对中国文化很感兴趣，能说简单的中文。赛丽多娃刚刚20岁，在麦基尔大学读书。张成打量了一下赛丽多娃，金发碧眼，睫毛很长，脸长得像芭比娃娃，身材丰满。由于人种不同，赛丽多娃比在场的的中国女孩前凸后翘许多。她穿着T恤和牛仔裤，浑身都散发着青春的气息。张成和赛丽多娃用中文和英文交流了几句。大家干了几杯福特加之后就进了舞池，小赵和赛丽多娃还有张成在舞池里一起跳舞，跳了一会儿小赵就没影了，剩下张成和赛丽多娃两个人。

赛丽多娃的胳膊搭在张成的肩膀上，张成的双手放在赛丽多娃的腰间和胯骨上。两人在强烈的贝斯节奏下舞动着，在酒精的作用下越来越近，脸几乎贴到了脸上，彼此都能感受到对方的呼吸和心跳……

张成跟赛丽多娃一直睡到第二天中午才醒。两人在床上点了一根烟。张成和她像朋友一样聊了很多，赛丽多娃的父亲是加拿大人，母亲是意大利人，他们都在蒙城北部的旅游胜地工作。张成问赛丽多娃以后想过什么样的生活，赛丽多娃说："我就想找个老公，然后周末我们在家里办party，我可以给朋友们做好多意大利小点心。这就是我想要的生活。"张成觉得老外在婚姻观念上的确比中国人简单。中国人讲究门当户对，彩礼，现在又有了丈母娘经济。中国的80后、90后比西方的同龄人活得累太多了。

那天之后，张成和赛丽多娃出来打过一次桌球，在赛丽多娃的要求下，连饮料都是AA制的，好像什么事都没发生过一样。

71

国内发生了一件轰动全国的案子，女演员被富豪丈夫杀害，丈夫自杀。这件事对张成触动很大，什么事儿也没有比人命更大的事儿。张成认真地想了一下，跟小翠在一起这三年，一直在吵架，后来矛盾升级，互相都动了手，张成不想人间惨剧发生在自己和小翠身上。他们各自其实没什么问题，只是两人追求的目标完全不一致。张成希望能做出一番事业，倾向于回国。小翠追求稳定的生活，一套房子是她稳定的保障，加拿大的生活更适合她。两人在世界观和人生观上严重不一致，甚至是相反的。这也注定两个人无法一起在人生的道路上继续走下去。所以张成和小翠提出要分开，别互相折磨了。

张成结婚的时候，父亲跟他说过："我们老张家没有离婚的传统，你结婚了就不准离婚。"张成觉得做不到父亲的要求了，跟父亲说了自己的想法："婚姻可能挽回不了了，过完夏天，我把收了定金的客户服务完就回国。"

张成心意已决，晚上多喝了两杯，在店里熄了灯，电脑屏幕上循环播放着张成和小翠这三年来的生活照片。即将失去小翠，张成想起了和小翠温馨的点点滴滴。小翠家乡有个风俗，如果走路踩到了井盖，那一定要拍下脑袋，这样才会赶走霉运，张成不信这个，所以走路经常踩井盖，每次都会被小翠拍一下脑袋。以前每个周末他俩都会去唐人街的越南河粉吃饭，张成点一个仅限周末的辣味汤粉，小翠点一个春卷加一个烤猪肉醣粉，小翠知道张成爱吃肉，所以她把粉吃了，肉全留给张成。做婚纱店以后，小翠和张成经常会去店对面林肯街上的subway点上一大条面包三明治，要的蜂蜜和cheese酱，一人吃一半，午餐就很经济实惠，8加元两个人就吃饱了。张成以前不太注重买超市每周的特价商品，自从跟小翠在一起之后，每周末都会跟小翠去逛超市，买最新的特价，生活费节约了不少。有时候到周末，张成还会给小翠做个水煮鱼，每次小翠都会吃得很香，还夸赞老公好手艺。张成突然觉得，小翠跟着自己把苦日子过尽了，但是生活改善之后，小翠却要走了。现在回不到从前了，张成望着窗口晶莹的水晶吊帘默默地流下泪水，屋里循环播放着《遗憾》这首歌。

别再说是谁的错
让一切成灰
除非放下心中的负累
一切难以挽回
你总爱让往事跟随
怕过去白费
你总以为要体会人生
就要多爱几回
与其让你在我怀中枯萎
宁愿你犯错后悔
让你飞向梦中的世界

留我独自伤悲

与其让你在我爱中憔悴

宁愿你受伤流泪

莫非要你尝尽了苦悲

才懂真情可贵

72

四月份，张成在康大又支了个摊儿，跟三年前一样，还是给康大学生做报税，但是这回生意没有以前那么好了。并且小翠出走多伦多后，他每天晚上都只是独自在店里喝闷酒。

五月发生了一件大事儿对张成触动很大，有个留学生在加拿大被害了。张成感觉留学生在海外生活求学面临着巨大的安全问题。张成觉得是时候回国了，这是最好的选择。

至于生意，尽管每个月都有几单生意，但是基本上也都交房租了，每月3000元的成本。所以张成宣传虽然热闹，但是基本上属于给房东打工。加拿大本身的经济也是越来越糟糕，老百姓手里都没有钱，钱赚得太费劲了。何况，如果婚纱店老板和老板娘离婚的消息传出去，这婚庆办的得多唏嘘呀。蒙特利尔说小不小，说大也不大，张成走到哪都能想起跟小翠在一起的时光，真是物是人非。

回国前的几个月，张成经常去离他不远市中心shopping mall里开店的上海朋友沈经纬的店里聊天。沈经纬这家店叫Ginza Queen，在市中心一家商场的地下一层，张成去的时候都会买两杯ice cappuccino去，沈经纬不像张成和刘宇那么爱喝咖啡，所以得给他买点甜的。每次张成还没进沈经纬店的时候，离老远就能闻到天然橡胶的清香，因为沈经纬代理了Melissa这个品牌的鞋子，Melissa果冻鞋是用巴西天然橡胶制作而成的，在西方很流行。张成每次来，沈经纬都是一个人在看店，他老婆姚婷在唐人街看另外一家店。姚婷会用监控对张成说："你俩不要干什么坏事啊。"张成很羡慕沈经纬和姚婷的感情这么好。沈经纬几年前先在地铁里租摊位卖中国小商品，后来一点点做大，才在唐人街开了家店，再后来又在downtown开了第二家店，算是蒙城80后创业的先行者。

沈经纬和姚婷夫妻俩知道张成和小翠的事儿，看张成情绪低落，没事就叫张成一起吃饭。还都是请张成吃好的，龙虾，象拔蚌，牛排，鹅肝，张成很感动，没事儿也回请他们吃个川菜，没有人家那么豪气。沈经纬和姚婷已经在南岸R区买了联排别墅，沈经纬还拉着张成去他的别墅住，拉着张成打篮球，晚上和张成一起看电影，早上拽着张成一起去唐人街吃早餐。熟识沈经纬的广东餐馆的老板问沈经纬："这是你弟弟啊，长得真像。"张成和沈经纬都是微胖小眼睛，的确挺像的。他俩同一年出生，沈经纬比张成早出生一天。这让张成觉得两个人上辈子可能是亲兄弟，只是沈经纬早一天投胎到上海，而张成投胎到了抚顺。

张成有一天晚上抽空坐地铁去刘宇的店里转转。张成坐到东区出了车站，映入眼帘的是奥林匹克体育场，这是蒙特利尔1976年奥运会的主办场地。当时的蒙特利尔是加拿大第一大城市，风头盖过多伦多，为了举办奥运会，城市举债修了这个体育场。但是后来魁省闹独立，大批说英文的有钱人搬走去了多伦多，蒙特利尔经济一蹶不振，建体育场的债，还了三十多年才还完，这也是蒙特利尔没落的象征。要不是还有大量的留学生来蒙城求学，拉动了蒙城经济，这个城市的经济会更惨。

刘宇正坐在收银台看电影，看到张成推门进来，说道：“张兄来了，你去随便拿点饮料喝。”刘宇平时出来见朋友都会穿得光鲜帅气，但是看店的时候就穿了件polo大T恤，头发也没打啫喱。上一次张成看到这么质朴的刘宇，还是四年前他在宾州给老曹看工厂的时候。张成问：“今天开到几点啊？”刘宇说：“开到11点，反正你也没事儿，坐下聊会儿呗。”刘宇的父母在崇明岛经营着一家酒店和一家豆制品厂，所以刘宇从小就耳濡目染父母是如何吃苦耐劳，以身作则的。在这一点上，张成真的不如刘宇，他做生意时，大多数苦都让小翠吃了，生意好了之后，总出去享乐，想到这，他感到很惭愧。

刘宇指着马路斜对面给张成看：“你看，那里新开了一家超市跟我竞争，印度人开的。”张成问：“对你影响大吗？”刘宇说：“现在还没什么影响，但是时间长了可就不好说了。现在蒙城经济这么差，这附近的魁瓜手头也紧啊。以后不好干了呀。”刘宇对蒙城东区法裔穷人的生活方式深有体会，每周二，附近的救济中心给穷人发完抚恤金之后，这帮人会直奔刘宇的店里买一大堆香烟和啤酒，然后就等着下周再领救济。中国人在这样的社会里很难理解这帮老外有手有脚为什么就不去找份工作呢。张成对加拿大的社会制度很是失望，工作的人给国家交高额的税来养活这些不劳动的穷人，张成看不到这个国家的希望。

73

有一天张成店里的电话响了，张成看到来电显示上的是“Chinese Embassy”，张成很奇怪中国驻加拿大大使馆怎么会给自己打电话。“留学生归国证明已经办好了呀，不会出了什么问题吧?”

接通电话，对面是个女人的声音：“请问这是Anna Zhang Couture吗?”

“是的。”张成回复。

“我想问问你们的婚纱怎么租的，还有就是婚礼造型的价格。”

张成虚惊了一场，原来是渥太华的中国大使馆工作人员咨询婚纱业务。张成的店名气很响，已经传到了渥太华那边，可惜他现在不做了，要回国了。

张成收到移民局的邮件，让张成和小翠一起去移民局领取张成的枫叶卡。张成通知了小翠。小翠多伦多的朋友对小翠说：“你跟他都要离婚了，你为什么还要帮他领枫叶卡，如果他领了枫叶卡跟别的女人好了，那你不是傻子嘛。”小翠想想也有道理，于是威胁张成说不想去领枫叶卡了。张成本来也不想再在加拿大生活了，也不需要这张枫叶卡。但是张成想到父母为自己付出了很多，父母还都是要面子的人，不想被亲戚朋友说：“他们儿子在加拿大没拿到身份，混不下去回国的。”所以张成很是纠结，要面子的他不想跟小翠低头。

张成给父亲打了电话，说明了意图，如果实在拿不到枫叶卡也没有办法，因为回国后就不想再回加拿大了。父亲表示可以接受。张成给小翠在大连的母亲打了电话。岳母在电话里怒斥张成的种种不是，特别是小翠去了多伦多为什么不把小翠接回来。张成脾气也不好，本来想忍忍，但是岳母说全是他的错，他无法接受。于是这场通话最后演变成公说公有理，婆说婆有理的争执。张成挂了电话，觉得话都说到这个份儿上了，小翠不可能回蒙城和自己领枫叶卡了。即使领了枫叶卡，小翠之后也可以给移民局写信说已经离婚，不再担保张成。于是张成也放弃了领枫叶卡的想法。

但是小翠的父母尽管嘴上跟张成不让步，没有任何商量的余地，但都还是善良之人，于是劝了小翠："你还是回去帮张成把枫叶卡领了吧，做人不能太绝情。"就这样，小翠陪张成去移民局领了枫叶卡，张成成了加拿大永久居民。移民官笑着对张成说："祝贺你从今天起成为加拿大永久居民，开始你新的生活。"张成拿起这张枫叶卡，苦笑了一下。这是多少人梦寐以求的枫叶卡啊，但是现在，自己的婚姻失败了，要回国了，枫叶卡却拿到手了，真是巨大的讽刺。张成花钱把店里的婚纱都运到多伦多给小翠，这样小翠可以在那边做婚礼造型，顺便再出租个婚纱，在工作之余也能增加些收入。

沈经纬和姚婷要开车去多伦多参加朋友婚礼，就把张成也带上了。张成想单独再见小翠最后一面。

小翠穿着一身forever21的廉价衣服，她也不跟张成说别的，一见面就抱怨："租的房间的隔壁住着一对夫妇，刚生完小孩，小孩成天哭个没完，我都没法睡觉。"

“我要走了。”张成眼眶含泪。

“哦。”小翠低着头。

“以后再也不来了。”张成颤抖着说话，他感觉到小翠的身体也有些颤抖。小翠没有再说话，她走了，张成默默地看着小翠瘦弱的背影，孤独，弱小，他好想上去再一次拥抱她，但是他的双腿如灌了铅一般沉重，“谢谢你，再见。”他自言自语，眼泪大颗大颗地落了下来。

74

张成算好时间把做婚纱摄影的客户都服务完，然后在最后两个月拖欠婚纱店房东的房租，张成一点也不觉得亏欠房东，因为当年签合约的时候房东许诺店后面的停车场会盖一座华尔道夫酒店，但现在什么都没有。所以在张成持续拖欠房租的情况下，房东把店收了回去。大家也不用见面，房东把店的锁一换就好了。值钱的东西，张成早已经悄悄搬走了。只有那个当年废了老大劲搬进去的欧式沙发，张成不准备搬出来了，就放那儿吧。

9月1日，在刘宇的送别中，张成启程回国，十年前的同一天，他从北京飞来蒙特利尔留学，十年后，他要离开这片让他伤心的土地。

张成在温哥华转机，特意在机场买了杯Tim Hortons double double，这是他的最后一杯加拿大咖啡。

经过11小时的飞行，飞机于北京时间下午3点降落在首都国际机场T3航站楼，张成提着行李走了出来。他远远地看到了爸妈，他们微笑着向他招手，那一刻，张成内心的委屈彻底得到了释放。

汽车从四元桥高架上下来，行驶在挨着朝阳公园的辅路上，张成看着车窗外的人来人往，车水马龙，渐渐流下了泪水，父亲开着车在马路中间左冲右钻，张成看着父母脑后的银发，擦了擦眼睛，轻轻地说了句：“爸，你开慢点!”